GOYA

TRES CASOS DE SUSPENSO E INTRIGA

RAÚL GARBANTES

D1519607

Redes sociales del autor:

amazon.com/author/raulgarbantes
goodreads.com/raulgarbantes
instagram.com/raulgarbantes
facebook.com/autorraulgarbantes

Obtén una copia digital GRATIS de *Los desaparecidos* y mantente informado sobre futuras publicaciones de Raúl Garbantes. Suscríbete en este enlace: https://raulgarbantes.com/losdesaparecidos

LOS TRAICIONADOS

PRÓLOGO

SANCARÉ ES un nido de corrupción y violencia. Es de locos pretender arreglarla, me digo mientras un charco viscoso de sangre se forma debajo de mí. Si no son las trampas del narcotráfico, entonces son las de alguna guerrilla. Y si no son las de ninguno de estos, son las de otro loco, algún radical solitario sin alianzas verdaderas, sin códigos, sin más compañía que sus propias creencias. Acaso sea este el más peligroso, el que no se duele por nada ni por nadie, pienso, y ejerzo presión sobre la herida, tratando de retardar mi desangramiento.

Pienso en mi mujer y en nuestra pequeña. Maldigo mi suerte. Maldigo el día en que acepté este trabajo. Siento una lágrima recorrer mi mejilla ante la insinuación de una certeza amarga, la de no volver a verlas para estrecharlas en mis brazos. La frustración carcome mis convicciones y mis fuerzas. Siento mi corazón romperse por la tristeza y la impotencia. ¿En qué estaba pensando? Rechazo con todo mi ser la realidad de mis circunstancias, gruño como una bestia acorralada e intento levantarme a pesar de mi rodilla lastimada, de la puñalada en mi costado y de mi hombro dislocado. Mis piernas tiemblan, extenuadas por el esfuerzo. Alcanzo a elevarme un poco, pero resbalo en mi propia sangre y vuelvo a caer. Suelto un grito lleno de rabia y lo escucho rebotar en los amplios

3

espacios de este depósito en el que me encuentro. El eco, antes de desaparecer, se ha convertido en un débil sollozo. Conozco muy bien lo que sigue, los estudié hasta el cansancio mientras cursaba el pregrado de Psicología. Estoy procesando el duelo, la pérdida de todo lo que valoro, de todo lo que amo y de mi propia vida. Pronto no me quedará más que resignarme.

Sancaré tiene un cáncer que amenaza con quitarnos lo que queda en nosotros de bondad, de compasión. De esperanza. Apenas pienso en esta última me pregunto qué cosa es y cómo es que todavía encuentra refugio en una ciudad como esta, cómo encuentra refugio en mí todavía, en estos momentos, cuando ya todo está perdido.

1

Es mejor no pensar mucho en cuánto puede cambiar tu vida en tan poco tiempo. Una semana, un par de días, un parpadeo. En un momento tienes exactamente la vida que soñabas, aquella que has pasado horas imaginando, planeando, trabajando duro para materializar. En el siguiente estás desangrándote en un lugar que ignoras, pensando en las maneras imposibles e improbables de burlar una muerte segura.

No fue sino el día de ayer que recibí la llamada del jefe. Todavía no salía el sol. «Goya, Distrito Independencia, tercera transversal, edificio Alba», me indicó apenas y cortó la llamada de inmediato. No bien encendí la lámpara de mi mesa de noche sentí a mi mujer moverse, su mano alcanzar mi entrepierna para darle un apretón a mis genitales. «¿Ya te tienes que ir tan temprano?», murmuró con una voz carrasposa y dulce a la vez que por alguna razón me hizo sentir una dicha plena por la vida que llevábamos.

La tarde anterior todos fuimos sacudidos por las noticias que llegaban desde la Alemania Oriental, cuyas autoridades habían anunciado —inesperadamente— el libre tránsito a través del muro que dividía la capital y el país entero. Silvia, acaso por ser una socióloga algo heterodoxa, se alegró sobremanera por el suceso. Tanto que llegó a comprar una botella de vino, que destapó bien entrada la noche, cuando Laurita ya se había ido a dormir. El vino suele despertar los apetitos sensoriales de mi mujer, y esa vez no fue la excepción. Después de nuestra celebración privada, cuando le pregunté por qué le había alegrado tanto lo del muro, hizo un silencio que me preocupó. Su rostro pareció entristecerse. En realidad, yo mismo pude encontrar explicaciones para su alegría, pero quise escucharla a ella, aunque en ese instante temí haber arruinado lo que fue una excelente noche. «A veces me da la impresión de que ya no se escuchan buenas noticias en Sancaré, ni en el mundo», me respondió luego. Comprendí que su silencio no se debía a que estuviera pensando la respuesta. Era el silencio por aquello que no quieres que se vuelva realidad, el silencio del temor, temor por el futuro de Laurita y el nuestro, porque este país y esta ciudad se han vuelto despiadados. Le susurré que todo estaría bien, que nada malo nos ocurriría, aunque su temor era también el mío. Se abrazó a mí y besé su frente, como si aquel gesto pudiese blindarlas a ella y a nuestra hija de toda la maldad del mundo. Ya estaba dormida.

«Cómo quisiera quedarme aquí contigo», le dije colgando el auricular del teléfono. Sentí su mano dar otro apretón ligero. «Pero así es la vida de inspector», bromeé luego. Me levanté entonces y me estiré. «Apúrese entonces, inspector Goya. Seguro es importante. Siempre lo es».

Me dirigí al baño murmurando quejas. Me di una ducha veloz, con agua helada para entrar en acción. Me lavé la boca pero tuve que salir sin afeitarme. Aunque el jefe no es exactamente conocido por su buen humor, o por algún tipo de humor en específico, la parquedad de su llamada era inusual.

Dejé a mi mujer durmiendo en la habitación y antes de salir le di un vistazo a Laurita mientras dormía, cerciorándome de que dejaba a mi familia en buen estado.

Cuando comencé en la Unidad Científica mi trabajo era más parecido al de un asesor. No salía de la Jefatura. En el mejor de los casos, analizaba evidencia y construía perfiles de criminales. Sin embargo, lo que casi siempre terminaba haciendo era asesorar interrogatorios. Poco a poco me fueron involucrando más en el «trabajo de campo». Cuando demostré las cualidades necesarias, el jefe me ofreció incorporarme como inspector agregado. Hice el entrenamiento policial requerido, el cual terminé hace poco, relativamente. Acepté sobre todo porque el sueldo sería mejor y yo estaba formando una familia. Lo malo: tendría que exponer mi vida.

Llegué al edificio Alba cuando el cielo comenzaba a aclararse. Sonreí al advertir la coincidencia, que no supe si calificar de irónica. En la entrada del edificio ya había varios reporteros, mantenidos a raya por patrulleros. Por lo general no reparo mucho en periodistas y medios, pero esta vez su número era mucho más significativo. Lo que fuera que inquietaba al jefe, también se relacionaba con ellos. Que yo supiera, ninguna figura pública de renombre vivía por la zona. Pero, claro, si hay alguien que sabe muy poco de esas cosas, soy yo. Entonces vi a mi compañero inspector, Marcelo Pérez, un tipo despreocupado y hablador. Me consta que el jefe me considera todo lo contrario, serio y discreto. Algo que con su tono de voz no sé si es un insulto o un halago. Con todo, entiendo que nos ponga a trabajar juntos.

«Vaya, ni siquiera tú mismo tuviste tiempo de afeitarte», me dijo al verme, bromeando. Por su aspecto, podía imaginármelo con claridad insultando al jefe, después de recibir la llamada. Mientras subíamos en el ascensor noté cierta vacilación en él. «¿Qué es lo que sucede?», le pregunté. Asintió. «El jefe no estaba convencido de llamarte», dijo. Esto me resultó extraño, y como por más que buscara no daría con una razón plausible para aquello, esto solo sumó a la intriga de su tono de llamada y los reporteros en la entrada. «Tranquilo. Se lo podrás preguntar tú mismo si es necesario», agregó, lo cual me molestó un poco y me puso a la defensiva. Detesto los rodeos y las intrigas. Pero estaba exagerando, claro. Suelo hacerlo y es parte del trabajo. ¿De qué otra forma te pones en los zapatos de un criminal si no es sacando las cosas fuera de su medida civilizada?

Frente a la entrada al apartamento estaba el jefe. Al advertir nuestra presencia se acercó a nosotros.

—¿Qué diablos sucede, jefe? —protesté. Marcelo siguió hacia el apartamento.

—Goya, la razón por la que dudé en llamarte es porque conoces a la persona fallecida —dijo sin preámbulos.

Permanecí sin decir nada un momento, desconcertado. Ya me había hecho la idea, con gusto, de hacerle reclamos al jefe. Pero, más importante, pensaba en quién podía estar más allá de la puerta. Un veloz inventario de personas cercanas y conocidos no me dio ninguna pista.

—¿Y por qué me llamó entonces? —pregunté.

—Quizá sea útil lo que puedas saber de ella.

¿Ella?, pensé.

2

Es un lugar común decir que Dios obra de maneras misteriosas. Pero muy poco se habla de las formas igual de misteriosas en que el pasado vuelve sobre nosotros.

Quizá para mí todo empezó hace una semana, cuando escuché el nombre de Fátima por primera vez en muchos años. Yo estaba por entrar a un bar con los muchachos de la Unidad. No suelo compartir mucho con ellos, a pesar de que en el fondo buscaba su validación. También es cierto que trato de pasar todo el tiempo que pueda con mi familia. Pero aquella era una ocasión especial. Había logrado negociar efectivamente con unos secuestradores, miembros de un grupo insurgente que ya había realizado actos de amedrentamiento, explosiones sin saldo mortal. Los perpetradores eran, sin embargo, unos simples estudiantes universitarios, chicos ingenuos y manipulables. Carne de cañón. Aquella era una tarde muy agradable y mi mujer la estaba pasando junto con su madre y Laurita. Fue el momento propicio para socializar con ellos y quitarme algo de ese estigma, el de serio y discreto.

Al cruzar la esquina para entrar al lugar me tropecé con

un sujeto macizo y grande cuyo rostro logré reconocer. Era un viejo compañero de secundaria, alguien a quien traté muy poco y cuyo nombre era incapaz de recordar entonces, cosa que intenté disimular, no sé si con éxito. Sí recuerdo que me causaba una impresión extraña. Era un muchacho que nunca parecía estar ahí del todo, o como si pudiera estar en dos lugares a la vez. En todo caso, el tipo recordaba quién era yo y me preguntó por ella. «Juraba que terminarían casados», dijo. Su comentario me causó gracia, por lo inesperado y porque la vida da tantas vueltas. Creía recordar que en algún momento fueron amigos.

Una vez en el bar, mientras escuchaba historias del absurdo capitalino entre cervezas, en la televisión entrevistaban a una mujer que parecía de mi edad. Al comienzo no le presté atención, como el resto del bar. Sin embargo, enseguida me di cuenta de que era ella, Fátima Aristegui, mi primer amor, o lo que sea que es eso que uno siente a esa edad, cuando se está terminando la secundaria. Por las imágenes que intercalaban en la entrevista pude deducir que Fátima había sido galardonada con un prestigioso premio internacional de poesía. Además, parecía que la poeta comenzaba a ser muy estimada y reconocida en la esfera pública gracias a una organización que acababa de fundar para la promoción de lectura en niños. Sancaré, hundida como está en la decadencia, necesita desesperadamente de personas como Fátima, personas que todavía apuesten por el futuro de la ciudad y del país. Entonces me di cuenta de lo desconectado que estaba de toda la vida nacional, lo sumergido que me encontraba en mi familia, mi trabajo, mis estudios. Pero no me arrepentí de ello. Sin embargo, allí la veía después de quién sabe cuánto. ¿Doce, trece años? En seguida mis compañeros se percataron de la atención que prestaba a la pantalla y yo cometí el error de revelarles nuestro pasado, aunque ponerlo de esa forma lo hace ver más importante de lo que fue. Con todo, las bromas no demoraron en escucharse.

Una vez que entré a aquel apartamento solo bastó percatarme de un detalle en el corredor de la entrada para saber que se trataba de Fátima: un afiche de Amália Rodrigues, la famosa cantante de fado, aquella música triste pero hermosa de Portugal. Comprendí en seguida la presencia de los medios en la entrada. Se trataba de una muerte totalmente inesperada. Y quizá hasta violenta. Con toda seguridad sería comentado incansablemente en programas radiales y televisivos. Cierto era que aquel noviazgo adolescente había ocurrido hace mucho y que no hacía memoria de ello, pero sí guardaba un recuerdo grato de ella. No pude evitar sentir una gran pesadumbre al saber que Fátima había perdido la vida. Acaso por las palabras que Silvia me había dicho horas antes y la sensación de que Sancaré se hundía irremediablemente en un abismo.

—Si te sientes muy comprometido personalmente, puedes dejárselo a Pérez —señaló el jefe—. Es entendible. —Sus palabras me parecieron muy consideradas y ejemplares.

—No se preocupe, jefe —repliqué—. Me parece una pérdida muy lamentable, no le miento, pero ha hecho bien en llamarme.

Mientras me dirigía a la habitación observé atentamente el lugar. No era difícil advertir que Fátima se podía permitir una decoración sofisticada, por no hablar del apartamento mismo, ubicado en un buen barrio. Por fotos y otros recuerdos supe que se había casado, aunque no conocía al esposo, ahora viudo, y también que la pareja había tenido oportunidad de realizar algunos viajes. Se veían muy felices. Miré a Pérez y señalé al sujeto. «No se encuentra en el país. Ya fue informado y tomará el próximo vuelo de regreso», dijo. No encontré nada más que me llamara la atención, aparte de una biblioteca y una colección de vinilos muy interesante.

Sin más, me dirigí a mi última cita, impostergable, con Fátima Aristegui, la primera persona a quien dije «te amo», la razón de mi presencia en aquel lugar.

Se encontraba recostada de lado en la cama, dándome la espalda. Mi mente fue asaltada por imágenes añejas de esa misma figura en vida. El perverso contraste y la impertinencia de mis recuerdos me produjeron un malestar intenso que, por fortuna, fue muy breve y controlé enseguida. Las cobijas solo tapaban sus pies y parte de sus pantorrillas. Frente a ella, un amplio ventanal con las cortinas corridas revelaba una ciudad que apenas despertaba. Crucé la habitación y advertí sus brazos extendidos. Bajo estos, en el piso, la sangre abundaba y relucía un puñal corto de mango nacarado. Todo su cuerpo parecía pulcro, sin señales de violencia, a excepción de las manos ensangrentadas y, en especial, sus antebrazos, con cortes profundos que habían abierto sus venas. Toda la escena, aunque macabra, tenía una cualidad estética a la cual mi mente no dejaba de volver. Su rostro parecía exhausto; sus ojos, tristes. ¿Qué problema, qué tormento te podía estar afligiendo, Fátima, para llegar a esto?, me pregunté.

—Y bien, ¿qué piensas, Goya? —Pérez estaba a mi lado.

—Que es una pena.

—Claro que es una pena, carajo —señaló—. ¿Pero qué te parece? —Yo lo miré esperando más información.

—El jefe quiere dejar esto así. Una poeta que se quita la vida. Pero mi pregunta es por qué se iba a quitar la vida alguien que, aparentemente, estaba en un gran momento, con un futuro muy prometedor.

A Pérez no le faltaba razón. Me consta que Fátima era una persona honesta, de una moral firme. Y en Sancaré nadie con esas características empieza a hacerse notar sin ganar enemigos.

—A mí también me intriga —comenté—. Además, los suicidas tienen un perfil más o menos común. Muchos ya lo han intentado antes, en la adolescencia. Y ella no encaja con nada de eso.

—O también la Fátima que conociste era otra persona —intervino el jefe, apareciendo en el umbral de la habitación.

—Es posible —dije escuetamente. Podía argumentar lo contrario, dando razones de peso, pero el jefe, cuando intervenía así, no suele dar su brazo a torcer.

—Vamos, capitán —insistió Pérez—. Goya no está diciendo cosas a la ligera.

Yo me había enfocado en el cuerpo. Detallando, buscando señales. En las manos, algo me llamó la atención.

—Andrade —me dirigí a la forense, una mujer muy competente—, ¿alguna señal de forcejeo o de violencia de otra persona?

—Hasta donde he podido examinar, no, inspector —dijo con firmeza—. Pero tendría que verla minuciosamente en el laboratorio para poder responderle con total seguridad.

—¿Qué porcentaje de certeza diría que tiene ahorita?

—Un ochenta por ciento.

Maldita sea, pensé.

—Jefe —dije—, le pido que considere un momento lo que

le voy a decir. He visto y estudiado varios casos de suicidios. Estoy seguro de que usted también. Debe saber que son escenarios caóticos. Pero observe este desde donde se encuentra. ¿No le parece que hay una cierta composición?

—El inspector tiene razón, capitán —añadió Andrade—. Además, hay una cosa que sí es evidente para el ojo entrenado: los cortes han sido hechos con mucho control, siguiendo cuidadosamente el recorrido de las venas. Lo cual es bastante inusual con este tipo de suicidio. Por cierto, este método suele ser mucho menos efectivo de lo que se cree.

—Hagan las investigaciones pertinentes entonces —indicó el jefe, molesto—. Pero será mejor que consigan algo sustancial pronto. Saben muy bien que lo que me han dicho son elementos circunstanciales. Si llegamos a asomar la posibilidad de que esto es un homicidio, se nos puede ir de las manos. Sería un desastre. Sus trabajos y el mío están en juego. —El jefe se retiró.

Yo salí nuevamente a la sala, algo inquieto por lo que acababa de escuchar. Volví a examinar el lugar, esta vez con mayor detenimiento, buscando cualquier indicio de insatisfacción, de desengaño, en la vida de Fátima, algo que explicara el haberse quitado la vida, o bien, el que otra persona lo hiciera. Mientras tanto le pedí a Pérez que me pusiera al día con todo, pues yo fui el último en llegar. El cadáver se descubrió gracias al mismo esposo, Ernesto José Vermont Guedes. Según él, la propia Fátima había realizado una llamada a su habitación de hotel. Lloraba, tenía miedo. La llamada duró muy poco y, una vez terminada, Vermont se comunicó de inmediato con la Policía de Sancaré, temiendo por la vida de su esposa. Incluso dijo que les daba permiso de entrar a su apartamento, señalando que dejaba unas llaves con el conserje. Los oficiales que llegaron no recibieron respuesta al llamar. Cuando por fin accedieron encontraron el cuerpo tal y como yo lo acababa de ver. Ya estaba sin signos vitales. Pregunté a Pérez si habían conseguido algún diario o algo parecido. No sería nada raro que una poeta tuviera uno, y podría despejar muchas dudas. Me mencionó que encontraron varios cuadernos escritos «con letra de mujer», como él mismo dijo, y también unas carpetas con hojas escritas a máquina. Cerca del balcón advertí un escritorio, y sobre él, una Olivetti con una hoja a medio correr. Me acerqué y miré la hoja. Solo tenía escritas un par de líneas.

¿A qué Dios rezamos nosotros, soñadores?

¿Qué vinimos a hacer al mundo los traicionados?

Aquellas líneas, sucintas y elocuentes, podían apuntar en la dirección que buscaba. Pero también podían ser el comienzo de un poema, como tantos otros, nacido de la derrota y la melancolía.

En una de las paredes cercanas colgaban diplomas enmarcados, todos de la rama de las leyes y el derecho. Eran de Vermont. Las palabras del jefe resonaron en mi mente. ¿Acaso todos estos años hicieron de Fátima alguien totalmente opuesto a la chica que conocí? Si le hubiera dicho en aquel entonces que terminaría casada con un abogado se hubiera muerto de risa en mi cara. Sentí un gran peso recaer en mis hombros. Este hecho sería seguido de cerca por la opinión pública, lo que significaba que mis pasos y mis futuras acciones también. Tenía indicios de que esto no era un suicidio, pero no estaban a la vista. Eran inferencias, deducciones, interpretaciones. Y aunque hace solo unos instantes me sentía a la altura de las circunstancias, por un momento mi confianza vaciló ante las posibilidades de un resultado negativo y desastroso.

Aquel momento de incertidumbre se transformó en uno de angustia cuando consideré los efectos del tiempo en mi propia vida personal. ¿Qué sería de mí si por la razón que

16

fuera me viera alejado de mi familia? ¿Qué pasaría si en diez años Silvia se diera cuenta de que me ha dejado de amar? Las preguntas quedaron suspendidas en su propio abismo, sin respuestas.

—¿Estás seguro de querer continuar, Goya? —me increpó mi compañero al advertirme absorto en conjeturas pesimistas.

—Por supuesto —respondí, siendo todo lo opuesto a una persona prudente, discreta y seria.

Enseguida Pérez y yo nos dividimos el trabajo. Yo me entrevistaría con los padres y el esposo de Fátima (por aquello de «conocerla») y Marcelo se encargaría de cualquier otro interrogatorio. Aunque, lo más importante, yo debía investigar quién era ese tal Ernesto Vermont, qué hacía, cuál era su pasado. Lo primero que haría, no obstante, sería analizar la evidencia y, sobre todo, aquel material escrito que había dejado Fátima Aristegui.

4

Sentado en mi escritorio, con los cuadernos y las carpetas sobre la mesa, aún sin leer una palabra, un recuerdo intruso emergió en mi cabeza. Una noche, después de una tertulia organizada por los mismos estudiantes de su escuela, Fátima y yo nos fuimos caminando solos por los jardines del campus, algo que en aquel entonces todavía era posible. Ahora no recuerdo exactamente la fecha, pero sí que eran días calurosos y que las noches eran de un frescor agradable, recorridas por una brisa reconfortante. Nada de esto permanece en mi memoria por aquellos elementos en sí, sino gracias a que Fátima vestía muy ligera: una camiseta, una falda que apenas le cubría las rodillas y sandalias. Entonces me pareció que nunca había visto tanta belleza. Recuerdo que tuvimos una conversación muy conmovedora, si bien soy incapaz de recolectar los detalles. Sé que yo me limité a hacer comentarios breves. Con seguridad hablamos de poesía. Pero enseguida, como si desnudara su alma ante mí, ella fue llegando a esa zona sacra que alberga nuestras esperanzas más íntimas y nuestros más grandes temores. Es una pena que no recuerde sino frases sueltas —«escribir no arregla nada, no sacia al hambriento»—, palabras, la luna reflejada en su rostro, escenas. O quizá sea mejor así. Nadie podría vivir recordando todo el tiempo. El olvido es también una cura. Lo que sí permaneció en mí fue aquella sensación de lo que es tender un puente a otra persona, la posibilidad de abolir la soledad. Solo sé que antes de dejar de hablar y hacer el amor por primera vez con ella, me susurró al oído «para ti son todos mis versos».

La frase reverberaba en mi cabeza cuando comencé a revisar los cuadernos. Versos separados; versos cortos, largos; libres, con métrica; poemas, en verso, en prosa; pensamientos, aforismos, impresiones breves de lecturas… A pesar del aprecio con el que podía leer todo aquello, era evidente que no encontraría lo que buscaba. No había rastros concretos de su día a día. Sin duda, de alguna forma este debía permearse en lo escrito, pero totalmente transformado, resignificado. Tratar de realizar el proceso inverso a través de la lectura era una tarea fútil, con resultados tan vagos como inútiles. Tomé luego las carpetas con la vana esperanza de algo más sustancioso. Después de todo, lo que hasta ahora me había parecido más relevante lo encontré en la Olivetti de su escritorio.

Las carpetas estaban organizadas. Una contenía solamente artículos para publicaciones periódicas: revistas literarias, suplementos culturales, publicaciones universitarias, e incluso, algún diario de circulación nacional. Los temas eran mucho más variados de lo que esperaba y cubrían temas políticos y sociales, sobre todo de Sancaré. Otra carpeta contenía textos largos de corte ensayístico. En ellos Fátima analizaba con el mayor detalle posible su propia experiencia creativa, vinculándola con su manera de experimentar su propio cuerpo y el paso del tiempo. Si en la primera carpeta solo aparecía el mundo exterior, en esta era su universo interno el

19

que se revelaba, aunque de una forma muy abstracta y filosófica. Había una tercera carpeta, sin embargo, que parecía sintetizar ambos polos. Era el borrador de un trabajo crítico minucioso y comprehensivo sobre el poeta Roque Dalton, el poeta revolucionario asesinado por sus propios camaradas. Si bien los artículos insinuaban una inclinación de izquierdas, las palabras dedicadas a Dalton parecían la confesión de una socialista ferviente. Esto no me sorprendió tanto. La razón principal de nuestro rompimiento fue una diferencia irreconciliable de posturas políticas. No en cuanto a orientación. A mí ella me parecía muy intransigente. Y para ella yo era muy flexible y conciliador.

Las dos primeras carpetas abundaban en anotaciones marginales, subrayados, palabras tachadas y otras sugeridas. Algunas eran de la misma Fátima, sin duda. Pero la gran mayoría no. Asumo que serían de su editor, alguien a quien en las notas solo se refería como Ber. La última no tenía un solo rayón a mano.

No podía dejar de pensar en la triste ironía de todo. En mí, que terminé con una placa y un arma reglamentaria; en Dalton, que tuvo la misma suerte que Trotski; en Fátima, una mujer de izquierdas que había preferido las letras a las armas y que acababa de dejar el mundo, tal como empezaba a ocurrir con el muro de Berlín, la Unión Soviética, acaso el propio socialismo.

Me tomó varias horas analizar el material escrito y el resto de la «evidencia». Pero lo más útil seguía siendo aquel par de líneas en esa hoja suelta. Todo lo demás me ayudaba a construir un perfil de la misma Fátima, es cierto, pero esa construcción me dejaba exactamente en el mismo lugar: sí, era una mujer que siempre afirmaba la vida por encima de la muerte, pero también una persona frágil que trataba de cargar con todo el peso del mundo, aun cuando cuestionaba su capacidad para hacerlo. En cualquier caso, eran las suposiciones del jefe las que permanecían en pie. Yo continuaba atrapando aire con las manos.

Por el momento, mis verdaderas esperanzas rezaban sobre las averiguaciones de mi compañero y la autopsia de Andrade. Cuando la fui a ver, todavía no la tenía lista, así que decidí ir a visitar a los padres de la poeta.

5

MIENTRAS ME DIRIGÍA al apartamento de los Aristegui encendí la radio del auto. Prácticamente todas las estaciones hicieron mención, en algún momento u otro, de la muerte de Fátima. Hablaron del luto de un país, de una pérdida irreparable, de una promesa perdida más. Ninguna de las apreciaciones me pareció errada. Sin embargo, me costó asociarlas a aquella chica que yo recordaba. Yo solo podía pensar en alusiones ridículas, como «mi primera novia» o «la rebelde del salón».

Pérez se comunicó conmigo por la radio policial. Su informe fue algo alentador, siendo optimista. Hasta entonces, de lo que pudo averiguar de Vermont no había nada sospechoso. Trabajaba en la Aeronáutica Civil, institución encargada de todo lo referente a vuelos nacionales e internacionales. Un tipo respetable, filántropo, heredero de cierta fortuna familiar. Sobre lo que Marcelo se mostró más entusiasta fue de su entrevista con el editor de Fátima.

—¿Visitaste a Ber? —le pregunté.

—… Espera un momento —dijo hablando con dificultad, buscando algo.

—¿Estás comiendo? —pregunté esta vez.

—Viejo, ya casi es mediodía y no he comido nada desde que salí de casa.

—Cierto. Yo tampoco —admití, sintiendo un crujido en mi estómago.

—Bien. Sí, el tipo se llama Bernardo Montenegro —confirmó—. No me pareció tan afectado por la muerte de Aristegui, aunque sí sorprendido por el suicidio como tal. Habló mucho sobre el legado literario de la difunta.

—Ah… —solté.

—Exacto. Y ahora escucha esto. No pude hablar mucho con Montenegro. Tuvo que salir a una reunión. Sin embargo, hablé con una chica del departamento legal. Según los distribuidores de la editorial, las ventas de Aristegui ya se están redoblando, y eso que venían en aumento desde que se ganó ese premio.

—Suele ocurrir —acoté—. Además, ¿por qué deshacerse del autor que te está produciendo más ganancias?

—Correcto. Pensé lo mismo. ¿Quién querría quedarse sin la gallina de los huevos de oro? Pues, primero, estamos en el puto Sancaré. Lo raro aquí es que alguien sea prudente y no sea ambicioso. Como tú…

—Oye…

—… Segundo, la misma mujer dijo… Por cierto, qué divinas que son las chicas con lentes de pasta y pinta de bibliotecarias, creo que empiezo a entenderte… llevaba unos…

—Pérez…

—Copiado. Ella dijo que el jefe tiene mala fama entre las mujeres de la editorial. Muchas lo ven como un acosador. Algunas le siguen el juego porque realmente lo admiran. Otras porque temen perder el trabajo. Otras porque se quieren aprovechar… Por si fuera poco, los derechos de autor de Fátima ahora le pertenecen por completo. Se va a quedar con el pastel completo.

—¿Dices que intentó un avance con Fátima?

—Pues dímelo tú. ¿Era Fátima atractiva, inteligente, encantadora?

Guardé silencio un momento. Otra vez Marcelo daba una observación perspicaz. Sin duda, para personas en su mismo campo, Fátima debía de ejercer una atracción casi irresistible. Era muy elocuente y persuasiva, sumado a su belleza. Pero llegar al punto de un homicidio implicaba algo más cercano a la obsesión que a la mera atracción. Pero no era una hipótesis descabellada. Dado el perfil de la poeta, si había un asesino, las probabilidades de que se moviera en la esfera cultural eran altas.

—¿Qué? —insistió Pérez— ¿Te parece muy loco?

—Honestamente, me parece mucho menos loco que la versión del suicidio.

Al llegar al edificio me pregunté si los padres de Fátima me reconocerían sin mucho esfuerzo, o si lo harían del todo. Que yo recuerde, ambos me estimaban. Las circunstancias de mi visita eran desafortunadas. Era un hecho ineludible que me causaba inquietud. Solo podía confiar en que mis intenciones eran nobles y en que tenía un deseo genuino por dilucidar lo que había pasado, fuere lo que fuere.

Me abrió la puerta una mujer que no conocía, pero que debía de ser mi coetánea. Supuse que sería alguien de confianza, algún familiar o acaso una vecina.

—¿En qué lo puedo ayudar? —me preguntó, la puerta entreabierta.

—Buenos días, soy el inspector Guillermo Goya —dije—. Entiendo que este no es un buen momento, pero me gustaría presentar mis condolencias a los padres de la poeta. Soy un viejo conocido. —Tras escucharme, la mujer se mostró intrigada.

—¿Guillermo Goya? ¿El Goya de «Fati»? —preguntó, incrédula, para mi absoluta sorpresa, pues ignoraba haberme ganado aquella fama, si es que esa es la palabra.

—Supongo que sí —respondí.

Por fortuna, los padres de Fátima no estaban solos en esos momentos difíciles. Algunas personas —casi todos de aquella generación— les brindaban apoyo. Al otro lado de la sala observé a un señor alto y robusto, el padre. Hablaba por teléfono y, si bien me daba la espalda, se veía que protestaba por algo. A su lado, sentada en un pequeño sofá junto al teléfono, estaba la señora Eliana, su esposa. Estaba ensimismada, aun cuando otra mujer le dirigía la palabra, tomándole las manos. Creo que fue entonces cuando caí en cuenta de lo que ocurría, de lo que todos habíamos perdido. Hasta entonces mis intentos de distanciamiento, de objetividad, habían sido bastante exitosos. Esta revelación me hizo sentir contrariado, a la vez débil y frío, culpable. ¿No había visto ya su propio cuerpo sin vida y, aun así, logrado mantener mi temple, de proceder según lo requerido? ¿Y no me convertía aquello en un ser desalmado? Otra vez me asaltaban las dudas. Quizá nunca debí aceptar este caso. ¿Pero qué demonios iba a hacer entonces? ¿Huir? Ya estaba ahí, en la sala de los Aristegui, ya había visto el cuerpo, la evidencia. Apenas sería un poco más de mediodía y ya sentía que era tarde para todo.

Avancé unos pasos y la señora Eliana se percató de mi presencia. Vi su rostro iluminarse con algo de alegría, la que le era posible sentir. Sonreí algo torpe al ver que me había reconocido, mientras, un nudo se hizo en mi garganta. Se acercó a mí y me abrazó. Un abrazo largo. Pensé en decir algo, pero mi voz se quebraría. Después tomó una corta distancia, para observarme bien, llevando sus manos a mi cara. «Ya eres todo un hombre», me dijo. La madre de Fátima me habló sobre lo inesperado de todo lo que había pasado, de cómo «nunca lo vimos venir». Le pregunté si tenía conocimiento de que su hija estuviera atravesando algún tipo de dificultad, si le había mencionado algún problema. Me dijo que todo lo contrario, que se veía más entusiasmada que nunca, con muchos proyectos en mente.

—¿No notó nada extraño, sus ánimos alterados en algún momento? —insistí.

—Quizá, pero no creo que sea importante.

—Señora Eliana, no he mencionado algo importante. No solo estoy aquí como viejo amigo de la familia, sino también como inspector de la Policía científica.

—Dios mío —dijo, tomándome del brazo y acercándome a ella para susurrarme algo—. ¿Me estás diciendo que mi hija fue asesinada?

—Le ruego disculpe mi imprudencia —me retracté percibiendo su alteración—. No he dicho eso. Simplemente quiero saber qué la llevó a hacer lo que hizo.

—Por Dios… Mario está hablando con la policía precisamente ahora. Se niegan a entregarnos el cuerpo de nuestra niña. Tenemos derecho… —Se le quebró la voz. Yo me reproché el haber sido tan descuidado, sin mencionar lo poco profesional que fue siquiera sugerir mi investigación. Otro error más en la larga lista de malas decisiones que me tienen al borde de la muerte y que amenazan con el bienestar de mi propia familia.

En aquel momento tuve el impulso de abrazar a la señora. El solo imaginar por lo que pasaba me llenó de una angustia insoportable. Ya no podía retirar lo dicho, y cuanto antes terminara sería mejor para todos.

—Señora Eliana, necesito que haga un esfuerzo para colaborar conmigo. No importa qué tan insignificante parezca, cualquier detalle puede ser importante. —Ella intentó calmarse, asintiendo.

—Ayer —comenzó a decir— Fátima pasó a visitarnos en el día. Estábamos comiendo juntos cuando escuchamos la noticia del muro de Berlín. A todos nos impactó. Yo en lo personal me alegré, pero mi esposo y mi hija… Ya sabes cómo son de idealistas. —El rostro alegre de Silvia me cruzó por la cabeza, dando alivio momentáneo a mi mente ajetreada—. Al comienzo no entendí la reacción de Fátima. La de su padre sí. Había escapado de Franco y los fascistas. Yo no viví nada parecido, mis padres hacía mucho que habían abandonado Portugal cuando todo empezó a complicarse. Pero Fátima incluso lloró. Enseguida entendí que significaba una esperanza perdida para ella. Pero se repuso rápidamente y nos dijo que había que tener la sensatez de reconocer cuando una creencia deja de tener validez. Se fue casi de inmediato, abrazándonos fuertemente. Ni siquiera terminó su comida…

—Esos malditos —protestó Mario, el padre de Fátima, indignado—. No nos quieren dar a nuestra pequeña. —Nos saludamos luego, cordialmente. Lo noté distante. Incómodo.

Luego que su compañera le mencionó que ahora era inspector me pidió hablar en privado. Nos retiramos a la antigua habitación de Fátima. Tuve la sensación de que el tiempo tenía un extraño sentido del humor. ¿Cuántas veces había entrado a escondidas en esa habitación para pasar la noche con ella?

—Bien, Goya —dijo en tono de reclamo—. Necesito que me digas qué está pasando. —Cerró la puerta.

27

—Señor Aristegui, no puedo discutir esa información con usted.

—Vamos, hombre, no me venga con eso. ¿Sabes lo que es tener una familia?

—Sí. Lo sé —dije con aplomo. No me gustaba adonde se dirigía la conversación.

—¿Ah, sí? ¿Tiene un niño?

—Una niña —solté con gravedad, algo molesto. Mario se quería cagar en mi autoridad como inspector.

—¡Pues con más razón, Guillermo! ¡Imagine lo que estamos pasando Eliana y yo! Nada de esto tiene sentido, y si hay algo oculto detrás de todo, tenemos derecho a saberlo, le exijo…

—¡Usted no me puede exigir nada! —exclamé alzando la voz más de la cuenta. Un silencio incómodo y sepulcral pareció secuestrar al barrio entero. Retomé la compostura—. Señor Mario, créame que no puedo imaginar el infierno que deben estar viviendo. Y sí, tienen derecho a saber la verdad. Pero, honestamente, no sabemos cuál es esa verdad todavía. Cuando la tenga, usted será el primero en saberla.

—Lo lamento, Guillermo —murmuró avergonzado—. No era mi intención faltarle el respeto. Todo esto... Un padre no debe sobrevivir a sus hijos.

—Le prometo que yo mismo me encargaré de que mañana puedan velar el cuerpo de Fátima.

En verdad no estaba completamente seguro de ello, pero era posible. Tenía que dejarles algo que esperar del futuro cercano, sobre todo después de haberlos alterado con mi imprudencia. Además, muy a mi pesar, cada vez parecía más claro que buscar otra explicación para la muerte de Fátima era inútil. Siendo así, el cuerpo les podría ser entregado esa misma noche.

El Señor Mario salió de la habitación para entrar luego en

la suya, y yo, a una sala llena de miradas de reprobación, a excepción de las de Eliana y aquella mujer que me había recibido. Me despedí de la primera con promesas de una pronta resolución, mientras que la segunda se ofreció a acompañarme hasta el auto.

—¿Fumas? —me preguntó alargando una caja de cigarrillos abierta. Yo había dejado de fumar desde que nació Laurita. Silvia también. En aquel momento, sin embargo, me pareció una buena idea—. Un tipo irascible el señor Mario, ¿no?

—Es entendible que esté así de susceptible —repliqué mientras sacaba uno de la cajetilla.

—Soy Rita —se presentó después de encender ambos cigarrillos. Se veía agotada y triste.

—¿Del trabajo?

—De la universidad. «Fati» y yo nos conocimos en un seminario sobre Derrida. Creo que por entonces ella iba a mitad de carrera. Nos hicimos muy cercanas.

—Ah, entiendo —dije. El ascensor había llegado. Entramos.

—Sí —retomó ella—. Ya no estabas en el mapa. Pero «Fati» solía hablar de ti por aquellos años.

—Nunca me lo hubiera imaginado.

—Te lo creo. Concuerda con la imagen que ella tenía de ti.

—¿Cuál?

—La de un tipo noble, fiel, consecuente.

—Vaya, suena mucho mejor de lo que realmente soy, créeme.

—Claro. Siempre idealizamos el pasado, ¿no? Además, luego entró en una tormenta de hombres de mierda. Y le costó un buen tiempo salir de ella. —Suspiró y su rostro se llenó de tristeza. Yo pensé en Vermont.

—Vamos por aquí —le indiqué señalando una salida al callejón trasero.

—Así que llevas el caso de «Fati» —indagó.

—Correcto. Por cierto, ¿qué piensas de lo que sucedió?

—Muy parecido a lo que piensan todos, Goya.

—¿Muy parecido?

—Sí. Quiero decir, me cuesta creer que Fátima se haya quitado la vida…

—Pero…

—Pero, a la vez, quizá sí había algo que le estaba quitando el sueño.

—¿Llegó a hablarte de ello? —pregunté intrigado.

—No. Es decir, cuando una se vuelve cercana a alguien, una sabe cuando algo anda mal. ¿Me entiendes? Una intuye, aunque no te lo digan. Lo dicen los gestos, el cuerpo, lo que está al margen. Nunca logré que me dijera qué la perturbaba.

—¿Sabes si tenía problemas con su editor?

—¿Con Montenegro? No que yo supiera.

—¿Pero eran cercanos?

—No —dijo muy convencida, casi ofendida—. A Fátima le venía sin cuidado Montenegro. Estaba muy por encima de él, tanto que él ni siquiera se atrevía a sugerirle modificaciones a sus textos. Además, Montenegro es un baboso repugnante.

—¿Pero ella entonces sí llegó a admitir que algo la inquietaba? —insistí. Rita tenía toda mi atención.

—Sí. Y nada más lograr eso me costó un montón. Solo sé que, fuera lo que fuera, ella haría algo al respecto pronto.

—¿Ella misma usó esas palabras? —Me estaba exaltando.

—Me dijo que se sentía traicionada por algo. Pero que no tenía por qué preocuparme porque todo se resolvería muy pronto. Que solo esperaba por algo y que entonces ella haría algo al respecto.

—¿Y cuándo fue esto, Rita? —la increpé con voz amenazante, deteniéndole el paso.

—Ayer —replicó temiendo mi reacción.

—¡Demonios! ¿Y no buscaste ayuda? ¿Por qué no me lo dijiste antes? —Yo reclamaba. Sin darme cuenta la había tomado del brazo con fuerza.

—¡No lo sé! —dijo asustada y entre lágrimas—. ¿Cómo iba a saber que era tan grave? ¿Y si no tiene nada que ver con lo que pasó? —Al percatarme de su estado y de mi transgresión, la solté—. Además, ¿qué iba a decir? Lo que te he dicho es como decir nada.

Ya estábamos en la salida trasera. Otro silencio incómodo. Más reproches que hacerme a mí mismo.

—Tienes razón… Lo siento. No sé qué me pasa —me excusé. Ella abrió la puerta y salimos al callejón.

—¿Qué pensaste cuando te confesó que algo la molestaba?

—¿En esas circunstancias? Pues en los putos hombres. Casi siempre es el subtexto cuando una amiga te habla de traición. Además, como te dije, le mortificaba sus malas elecciones de pareja. En eso nos parecíamos. Con Vermont por fin parecía realmente feliz. Lo único que le molestaba era que viajara tanto.

Ya llegábamos a mi auto. Pude escuchar el ruido brillante de la radio policial.

—Entonces quizá era su relación con Vermont.

—Quizá. No lo sé. Goya, el punto de todo lo que te he dicho es que de pronto no hay nada detrás de su muerte. De pronto Fátima sí se suicidó y nos negamos a creerlo porque aceptar eso amenaza lo que creemos que es la vida. ¿Y qué somos nosotros para exigir que la vida se ajuste a nuestras expectativas?

Las palabras de Rita me dieron en un lugar que trataba desesperadamente de proteger, acaso sin darme cuenta. Me di cuenta entonces de la razón de mi descalabro, mi reticencia a aceptar lo que parecía evidente. Acaso el suicidio de Fátima fuera mi propio muro de Berlín, mi muro de la vergüenza, obsoleto, como yo mismo, un hombre aferrándose a un código moral en una ciudad carcomida por transgresiones a todo código. Rita volvió al edificio, y la radio de la policía no paraba de espetar instrucciones y códigos. Entre todo ese ruido escuché mi apellido. Me reporté.

—¿Goya, dónde putas está metido? —me gritó el jefe muy molesto—. Pérez ha estado tratando de localizarte como loco. Vaya ya mismo a la residencia de Vermont.

Partí de inmediato adonde ya tenía planeado ir. Pero me quedó claro que algo ocurría. Algo más.

No tardé en informarme de lo que pasaba. Prácticamente ya toda la fuerza policial estaba al tanto, y hasta los medios.

El comando antidrogas se había apostado en el edificio Alba con una orden de captura para Ernesto José Vermont Guedes. El asunto era todavía más grave. El hombre amenazaba con saltar del balcón si entraban al apartamento. Y como si eso no fuera suficiente, el tipo exigía la presencia del inspector a cargo de la investigación de su difunta mujer.

Es decir, yo, el joven e inexperto Guillermo Goya.

6

VERMONT DEBÍA de llevarle unos diez años a Fátima. Quizá menos.

Como se supo a la mañana siguiente, el abogado era una pieza clave en una gran red de transacciones ilícitas: contrabando de productos, drogas. Hacía *lobby* ante el Congreso para maquillar leyes con términos vagos que le permitieran, a él y a sus jefes, cubrirse las espaldas y mover droga dentro y fuera del país. Si se presentaba algún problema recurría a los vacíos que él mismo había ayudado a crear. En muchos casos, él mismo se encargaba de negociar acuerdos con otras mafias y supervisar la llegada o salida de cargamentos ilegales. De allí sus viajes.

Como él mismo me confesó luego, no era recipiente de ninguna herencia familiar. Solo era lo suficientemente inteligente para no llamar la atención, para no parecer que tenía toda una fortuna mal habida. Casi toda la blanqueaba en diversos paraísos fiscales, empresas fantasmas y en donaciones, que fue como se granjeó fama de filántropo y fue como conoció a Fátima, a quien ayudó en la financiación de su proyecto de promoción de lectura infantil. La DEA llevaba tiempo siguiéndole los pasos. Sabían que estaría en la ciudad y decidieron actuar con ayuda del comando antidrogas.

Qué día de mierda, pensé yo después de lograr convencerlo de que no se lanzara, que se entregara. Podría llegar a un acuerdo si delataba a los peces grandes. Lo culpé por la muerte de Fátima, eso sí. Se cansó de jurarme que no había tenido nada que ver. Para mí estaba claro. Esa era la gran decepción que desmoronó su mundo. Era, también, la que amenazaba el mío. Con todo, tuvo la osadía de afirmar que ella sabía de su actividad ilegal. «Tenía que saberlo». Fue entonces cuando le rompí la nariz. Y le hubiera molido el rostro si Pérez no me sacaba de allí.

Todo aquel circo tomó horas en clausurarse. Para cuando se llevaban a Vermont bajo custodia, ya empezaba a atardecer, el día llegaba a su fin. Marcelo, al verme totalmente abatido, se ofreció a conducir hasta la estación. Durante todo el camino permanecimos en silencio. Dudo que mi semblante expresara disposición para la conversación. Ya tenía suficiente con mis propios pensamientos. Solo quería terminar con esta pesadilla e irme a casa, con mi familia.

Con todo, el destino no me tenía deparado aquella suerte, tan grata y dulce.

7

Al llegar a la estación la recepcionista me indicó que Andrade me necesitaba ver urgentemente. Aferrado todavía a la posibilidad de otra explicación, fui de inmediato a su encuentro. Con toda seguridad, Vermont tendría que estar detrás de todo, y si lográbamos imputarlo por la muerte de Fátima, entonces podríamos decir que quedaba algo de justicia en esta ciudad.

Quién sabe. A lo mejor hay ocasiones en que es preferible un espejismo inofensivo a una realidad fatal.

Andrade solo esperaba por mí para retirarse. Al verme me condujo de inmediato al cadáver de Fátima. Lo descubrió. Mi corazón latía fuerte. Sin embargo, al ver que había sido limpiada y acomodada, la imagen resultó mucho menos agresiva. La doctora tomó uno de los brazos de la occisa con una mano, y con la otra, el puñal de mango nacarado.

—Goya, teníamos razón todo este tiempo —dijo—. He analizado cuidadosamente el arma y los cortes en el antebrazo de Fátima. Como le mencioné esta mañana, los cortes se efectuaron con mucho cuidado. Vistos muy de cerca, nos dicen el ángulo en que la navaja tuvo que emplearse para dejar esa marca específica. Y el ángulo, a su vez, nos puede revelar la posición desde la cual se ejercía la fuerza.

Yo escuchaba con atención. Una sensación agradable y esperanzadora invadió mi espíritu, incluso allí, frente a la cruda realidad de la muerte, una sensación que no sé de qué otra forma calificar sino de comunidad.

—Lo que según mis análisis he podido concluir —continuó la doctora, entregándome el puñal y tomando con sus manos el brazo inerte de Fátima— es que los cortes fueron hechos mientras Fátima yacía en su cama, tal como la encontramos nosotros. Quien haya realizado esos cortes los hizo de forma casi totalmente perpendicular, lo cual requiere una gran fuerza. Y esa misma persona estiró los brazos de la víctima hacia él, realizando los cortes también en esa dirección, es decir, desde la articulación hacia la muñeca de la víctima.

—¿Pero cómo pudo ser eso posible sin la resistencia de Fátima? —preguntó Pérez muy pertinentemente.

—Esa fue la misma pregunta que yo me hice, inspector. Y mi única explicación para ello es que esa persona tuvo que administrarle algún tipo de sedante muy potente. Tras volver a inspeccionar el cuerpo di con una diminuta marca en el cuello de la víctima, idéntica a las que dejan las agujas de jeringa. Estaba del lado del cuello que da a la cama. Esa fue otra observación acertada, inspector —señaló, dirigiéndose a mí esta vez—. En efecto, el cuerpo había sido dispuesto intencionalmente de la forma en que lo encontramos.

—Es decir —aclaré—, que murió por efecto de la substancia que le inyectaron.

—Me fue imposible determinar si murió por efecto del desangramiento o del anestésico. El grado de cicatrización de la marca en el cuello era casi total, de manera que el sedante fue administrado mucho antes de realizarse los cortes en los antebrazos.

El jefe tiene que saber esto, pensé. Mientras, observé el puñal y advertí una figura en el tope del mango.

—Es un oso —dijo la doctora al verme curioseando.

—Vermont —intervino Marcelo—. Debemos notificar al capitán y a los agentes que lo tienen bajo custodia. Él tiene que estar detrás de esto.

—Perdón, inspectores. Lo que voy a decir ahora solo es desde mi experiencia. Llevo varios años ejerciendo de patóloga en esta ciudad, que, como todos sabemos, no es ningún paraíso. Los matones de las mafias y del narcotráfico no son cuidadosos para nada. Mucho menos pacientes. Y esto requirió paciencia.

—Pero —intervine— es posible que Vermont contratara a alguien en específico para este trabajo. Quizá, a su manera retorcida, la amaba y no quería hacerla sufrir.

—Es posible —dijo la doctora.

—En todo caso —retomé—, esto no ha terminado. Creo que no hay más nada que podamos hacer ahora. Podemos dar por concluido el día.

Pérez y Andrade se retiraron y yo me encargué de agilizar la entrega del cuerpo de Fátima a sus padres, quienes ya tenían todo preparado para su sepelio en el cementerio del oeste.

Consideré que debía cerciorarme de que todo saliera bien hasta que ellos la recibieran. Era lo menos que podía hacer. Antes de salir, sin embargo, llamé a casa. Necesitaba escuchar a Silvia y a Laurita, sentía que llevaba días sin verlas. Me sentí entusiasmado de saber que pronto las vería.

8

En el cementerio me sorprendió que ya hubiera gente para el sepelio. Los padres habían sido capaces de manejar todo con suma discreción, de manera que los medios no estaban ahí para molestar. Rita se acercó a mí al advertirme.

—Vaya día el tuyo, Goya —fue lo primero que me dijo.

—Ha sido como mi propio Vietnam —contesté. Ella rio.

—Ya lo creo. Sé que se supone que no debes hablar de esto, pero ¿crees que Vermont esté detrás de su muerte?

—Puede ser. Tampoco es seguro.

—¿Qué putas pasaba contigo, «Fati»? —dijo después de un suspiro y con la mirada perdida.

—Hay algo que me intriga. Si Bernardo Montenegro no estaba a la altura de ella, ¿por qué sus manuscritos estaban llenos de notas de él?

—¿Notas de Montenegro?

—Sí. Siempre lo menciona: «recordar sugerencia de Ber», «preguntar a Ber», «Ber tiene razón»…

—Pero ese no es Bernardo Montenegro.

—¿Entonces quién carajo es?

—Era un «amigo» secreto de Fátima. Para mí que se lo inventó. —Yo la observé con seriedad—. No me refiero a que alucinaba. Digo que era algún tipo de heterónimo. Como Pessoa, ¿sabes?

—¿Qué te hace pensar eso?

—Pues me dijo que lo llamaba así por la palabra «Bär», que significa «oso» en alemán. Todo me sonó muy inventado y forzado.

Entonces vi unas personas saludándome a lo lejos. Varios rostros del pasado, viejos compañeros de la secundaria, gente que no veía en años. Casi todos eran solo compañeros y compañeras de aula, menos uno de ellos, Javier, a quien sí consideré un amigo. Se acercaron también. Rita me dejó.

Nos saludamos brevemente e intercambiamos algunas anécdotas. El ataúd que llevaba a Fátima había sido finalmente ubicado para el sepelio. La mayoría se retiró, menos Javier. Recuerdo advertir, a lo lejos, a ese otro extraño compañero con quien me tropecé y quien me mencionó a Fátima por vez primera hace una semana.

—¿Cómo se llamaba ese sujeto? —le pregunté a Javier.

—Juan Manrique —respondió algo incómodo. Él sí llegó a establecer amistad con él, al igual que Fátima.

—¿Por qué fue que pelearon?

—Juan es una persona muy perturbada, Goya. Fátima lo sabía. Una vez me obligó a verlo torturar a un gato. Desde entonces no le volví a hablar.

—Mierda…

—Sí. Sé que vivió un tiempo en Alemania Oriental. ¿Puedes creerlo? ¿Quién se va a vivir a una prisión?

Yo me sentí palidecer. Sentí náuseas y mareos. Traté de disimular.

—¿Goya, estás bien?

—Sí. ¿Dices que vivió en Alemania Oriental?

39

—Correcto. Debió hacer las paces con Fátima. Una vez los vi caminando juntos, hace poco. Parecían bastante tranquilos. ¿Goya?

Dejé a Javier hablando solo. Había llegado al cementerio con el equipo que transportaba el cuerpo. No tenía mi auto. Me dirigí a la recepción a consultar las páginas amarillas. Cuando conseguí la información que buscaba, busqué a Rita.

—Sé que esto va a sonar muy extraño, pero necesito tu auto.

—¿Qué? Goya, estás sudando. ¿Te sientes bien?

—Sí. Rita, es importante, necesito tu auto.

—¿Esto tiene que ver con Fátima? —preguntó tomándome del brazo y mirándome fijamente. No pude mentir con rapidez—. Si esto está relacionado con ella, voy a ir contigo, Goya.

—Rita, no, no es seguro. Además, es solo una corazonada.

—Entonces busca a otra persona. —El tiempo apremiaba.

—Maldita sea. Vamos. Rápido —gruñí.

Llegamos a una cabaña al lado de la carretera en las afueras de Sancaré. Me costó hacerle jurar a Rita que permanecería en el carro, el cual estacionamos en un lugar poco visible.

Toqué el timbre y la puerta varias veces y nadie respondió. Entré por una ventana. La sala solo contenía elementos funcionales desprovistos de cualquier dimensión estética. Con una gran excepción, la reproducción de una pintura en una de las paredes: *La muerte de Marat*, de Jacques-Louis David, una pintura que por alguna razón morbosa fascinaba a Fátima.

Mis manos sudaban profusamente, mis oídos parecían percibir el más leve sonido, me costaba respirar y tragar. Mi corazón latía con fuerza.

La cocina era todavía más inquietante que la sala. Todo parecía limpio y ordenado, pero a la vez, carente de vida, como si nunca nadie hubiera hecho uso de ella.

Pasé a otra habitación. Un estudio. Libros, en su mayoría en alemán. Algunos en ruso. Recortes de noticias de la prensa alemana, pero también de la prensa de la capital. Los últimos eran referentes a actos de una guerrilla, la misma que había tomado rehenes y cuya liberación yo mismo negocié con éxito. Fue aquí donde vi otro adorno, si se quiere, el único en toda la cabaña, aparte del cuadro de David: era una imagen panfletaria que retrataba a un oso imponente, con la hoz y el martillo en el fondo, aplastando a un águila debilucha y pequeña que por debajo tenía una bandera norteamericana hecha trizas. Sobre un escritorio había planos, cronogramas minuciosos, listas de nombres, números, direcciones. Revisé las gavetas del escritorio. En la principal hallé, con espanto, una colección de puñales casi idénticos a aquel encontrado en la escena del crimen.

¿En qué demonios se había metido Fátima?

Me dirigí luego a lo que parecía la habitación principal, donde encontré un colchón desnudo y viejo en el suelo. Sobre él, un cuaderno rojo. Registré el cuarto. Solo había algo de ropa en el clóset. Tomé entonces el cuaderno y lo abrí al azar. Reconocí con estupor la letra de Fátima. Este era el puto diario. Fui directamente a las últimas entradas.

En una pude leer:

A Bär le ha llegado información de que el Muro va a ser abolido. Él no lo cree. Pero yo ya no sé qué creer.

En otra:

Bär quiere que nos inmolemos. Un último acto. ¿Qué esperanza queda si no somos capaces de vivir en socialismo?

Y en la última:

Nos hemos peleado. Le dije que no lo haría. Hay que tener el valor de aceptar cuando algo ya no tiene validez. Pero él se niega. Dice que si no estoy con él, estaré en su contra. Tengo miedo. Si el Muro cae, temo que pueda matarme.

Entonces escuché un grito. Era la voz de Rita. Me sobresalté, pero ya era muy tarde. Una fuerza sobrehumana me estrelló sobre la pared. Me levantó unos centímetros del suelo, ahorcándome.

—¿Recuerdas que no pude graduarme con todos ustedes? —comentó Manrique como si estuviéramos tomando un café —. Estuve hospitalizado un mes entero. Había ingerido veneno para ratas.

Yo no podía pronunciar una palabra, solo ruidos.

—Tomé el veneno la tarde del mismo día en que los vi entrar al salón cogidos de la mano. Con el tiempo aprendí a agradecerte eso. Me hizo más fuerte.

Manrique me dejó reposar los pies sobre el suelo, pero todavía me sujetaba por el cuello.

—Ahora voy por tu familia —dijo y sentí un frío gélido, como un dolor agudo en mi costado. Me había apuñalado. Supongo que luego me golpeó, por el dolor que siento ahora en el rostro, pero entonces todo se volvió negro.

Desperté cuando caí en el piso de este depósito. Imagino que eso fue lo que dislocó mi hombro y lastimó mi rodilla. Lo primero que escuché, aparte de mi estruendosa caída, fue la puerta cerrarse.

¿Qué es este lugar?, me pregunto mientras ejerzo presión sobre la herida por la que me desangro. Por fin logro levantarme y me acerco a la puerta. Escucho gritos y disparos a lo lejos. Luego, una explosión.

Golpeo la puerta y grito, pido auxilio. Escucho pasos acercándose con apuro.

«¡Goya!», alguien grita. «¡Aléjate de la puerta!»

Me muevo lo más rápido que puedo, pero tropiezo

conmigo mismo y vuelvo a caer. Estoy muy cansado. Tengo hambre, sed, pero sobre todo, mucho sueño. Trato de mantener mis ojos abiertos pero no puedo. Se me nubla la visión. Creo ver a Marcelo entrando por la puerta. Los sonidos y colores del mundo se alejan, se van, no sé adónde.

Antes de perder el conocimiento, una imagen persiste, la de Silvia y Laura sentadas en nuestra pequeña mesa, cenando, celebrando modestamente la caída del Muro.

9

ESCUCHO sus voces en la lejanía. Su sonido me hace sentir paz y plenitud. No le falta ni le sobra nada a esta sensación. Es perfecta. Mi hija hace preguntas. Mi esposa da respuestas breves.

Poco a poco la claridad reemplaza las sombras. Y por último se vuelve enceguecedora. Apenas puedo abrir los ojos. La luz y los sonidos me inundan. También un dolor en todo el cuerpo.

¿Estoy vivo? Si duele es porque lo estoy. Debo estar en un hospital.

Escucho una voz dar instrucciones. Distingo una ventana. Me ven. ¿Pérez? ¿Rita?

Pérez entra.

«Papi se está despertando», dice Laurita.

«Sí, mi amor», dice Silvia.

«¿Cómo te sientes, Goya?», pregunta Marcelo.

«No me he afeitado. ¿Cómo crees?», le digo y se ríe.

Marcelo me dice que Juan Manrique sostuvo un enfrentamiento con una unidad de refuerzos que él dirigía. Al llegar a su casa no pudo quitarse la idea de que yo, testarudo como soy, seguiría trabajando el caso. De la Jefatura lo remitieron al cementerio y como buen detective rastreó mis pasos hasta la cabaña de Manrique. Allí sorprendió a Rita saliendo de su auto. Para cuando entró a la cabaña vio al sujeto llevándome inconsciente por el bosque. Lo siguió hasta dar con el depósito. Fue entonces cuando lo esperaron. Hubo un tiroteo. Manrique cargaba con explosivos encima. Pretendía llevar a cabo su acto terrorista con mi familia. Por suerte los muchachos lo detuvieron. Esa fue la explosión que escuché antes de perder el conocimiento otra vez.

Una mano pequeña toma la mía.

«Estás fría», digo. Aunque solo escucho risas.

«Papi está borracho», dice la vocecita.

Entonces empiezo a distinguir sus rostros. El de Laurita cerca de mí, sonriendo con sus ojos grandes. Tras ella, los de Silvia brillan.

Era todo lo que quería, pienso, y deseo nunca tener que pasar por esto otra vez.

EL FRAILE

1

Es una noche fría en Sancaré. Y más oscura que de ordinario. No hay luna. Apenas se ven algunas estrellas. Me acomodo el abrigo mientras camino rodeado de edificios abandonados, a lo largo de calles mojadas por la lluvia reciente, apenas iluminadas, con la sola compañía de la brisa gélida que las recorre y arrastra basura entre trastos viejos y olvidados. Casi todo el resto de la capital es testigo de numerosas construcciones nuevas o en progreso, remodelaciones... Sin embargo, la única señal de vida aquí, en este lugar retirado, es el sonido de mis pasos y los de Marcelo Pérez, mi compañero inspector de hace años.

Lo he notado diferente. Suele ser hablador y bromista, es cierto, pero desde hace días lo hace de una manera casi frenética. Quizá sea yo el único que nota esto. Pareciera que trata de evadirse de algo. No sé si esta impresión mía se deba a los problemas personales que estoy atravesando. Pudiera ser. Y solo por eso me he abstenido de cualquier comentario al respecto. Aun así, es una impresión que no me he podido sacar de la cabeza. Estoy casi seguro de que nuestra presencia en este lugar, un antiguo sector industrial, está relacionada con lo que sea que ocupa los pensamientos de mi compañero. Esto me preocupa. He desarrollado una gran estima por Pérez. Al comienzo no nos llevábamos muy bien, siendo que nuestros caracteres son tan distintos. Sin embargo, años de servir a nuestra comunidad, perseguir criminales y muchas experiencias cercanas a la muerte han forjado una amistad honesta y respetuosa. Él me ha salvado la vida en más de una ocasión y le debo, en gran parte, la integridad de mi familia. Lo mismo podría decir de mí. Es por esta misma razón que un impreciso temor se asoma en mi mente, al considerar la posibilidad de que haya algo que me esté ocultando, algo que pudiera comprometer su integridad y su honor.

Pérez intenta describirme una vez más la voz del sujeto que hizo la llamada, la razón concreta de que nuestros pasos resuenen por estas calles. Habla de una voz tan pausada y calmada que inquieta. Habla de la sensación que produce, la de algo inevitable. «Como el paso del tiempo o como la muerte», dice. Sin embargo, dice todo esto sin traza alguna de perturbación o miedo, pero sí con mucha seriedad, un tono que sus palabras asumen en muy pocas ocasiones. Hasta ahora no me ha dicho en qué consistió la llamada, qué le dijo ese sujeto. Solo se acercó a mi escritorio y me dijo que teníamos trabajo. La expresión en su rostro fue suficiente para saber que era un asunto de suma importancia.

Doblamos en una esquina, buscando la entrada principal de un edificio. Él va unos pasos por delante de mí. Llevo las manos a los bolsillos de mi abrigo. En uno de ellos palpo un muñequito de trapo hecho por mi hija Laura cuando estaba pequeña. Fue un regalo de cumpleaños. «Es tu ángel de la guarda, papi», me dijo al dármelo. «Él te va a proteger mientras trabajas». Aprieto el muñeco como si así pudiera darles un fuerte abrazo a mi hija y a mi mujer, Silvia. Las cosas no están bien en casa.

«Debe ser aquí», me dice Pérez. «Edificio setenta y nueve».

Mientras nos detenemos por un momento frente a la entrada, observando una edificación derruida, de poca altura pero ancha, le pregunto qué le dijeron exactamente.

«Lo hice, inspector Pérez. Por fin», me responde mirándome a los ojos. «Luego me dio esta dirección».

Así que sabe su nombre, pienso mientras subimos por los escalones de la entrada. Adentro nuestras linternas nos revelan paredes incompletas y numerosas habitaciones sin puertas. Todas tienen aunque sea una parte derrumbada. Por todos lados hay charcos y goteras que reverberan con un eco extraño. Avanzamos a lo largo del pasillo principal, entre escombros y retazos de material diverso. Este debió ser un edificio de oficinas, la división administrativa de alguna empresa. Hay pedazos de sillas, escritorios, mesas, archivadores viejos. Yo sigo a Marcelo, que en todo este tiempo ha estado guiando nuestros pasos. ¿Acaso sabe adónde vamos o lo que estamos buscando? A juzgar por la llamada que recibió, alguien ha sido asesinado y estamos buscando el cuerpo.

Entonces mi mundo interno entra en conflicto. No quiero admitir que extrañaba esto: la adrenalina, los acertijos, y sobre todo, saber que hago algo para limpiar esta ciudad de la lacra que la infesta. Fui ascendido a capitán de la Unidad de Investigación Criminal durante un tiempo, de manera provisoria. Y durante ese tiempo no hice más que trabajo administrativo y de supervisión. Acaso a Pérez, como sargento de la misma, también le haya sucedido algo parecido, aunque en menor medida. No quiero admitir que extrañaba esto, porque es la razón de los problemas que estoy teniendo con Silvia. «Siempre trabajas. Ya no pasas tiempo con nosotras». Tiene razón, el trabajo me ha absorbido casi por completo. Y el ascenso solo empeoró todo. Silvia esperaba que después volviera a mi antiguo puesto de asesor, al resguardo de un escritorio. Mucho me temo que esto se ha vuelto un vicio para mí, o que hay algo que trato de evitar al estar ocupado todo el tiempo. Si lo digo es por algo. Soy psicólogo. Pero todavía dejo ir aquellos pensamientos mientras nos adentramos en las ruinas oscuras y comenzamos a subir por unas escaleras.

Miro hacia arriba y en el último nivel parece haber un tenue resplandor. Pudiera ser una simple vela. Es tal la oscuridad. «Una fuente de luz», dice Pérez confirmando lo que pensaba. Una vez allí nos percatamos que la luz proviene del cuarto al final del pasillo, en el que hay una linterna potente en el piso alumbrando hacia una pared que no podemos observar desde donde estamos.

Al llegar vemos el cuerpo desnudo de una mujer en el suelo. Tiene las manos por detrás, amarradas, y también los pies. Tiene el rostro cubierto con una bolsa oscura. Está mojada. La parte del techo por encima de ella se ha caído, quién sabe hace cuánto. Algunos escombros rodean el cuerpo, supongo que del techo mismo.

Pérez toma su radio transmisor y llama a la central para notificar el hallazgo del cuerpo.

2

El equipo se encuentra procesando la escena del crimen. Se trata de una mujer de treinta años, caucásica. Tiene una altura cercana al metro setenta y unos sesenta kilogramos de peso. Una vez descubierto el rostro, nos percatamos de que tiene laceraciones en la cara. Sus ojos son claros. Su cuerpo presenta hematomas en diversas partes.

El cuerpo está dispuesto de lado, las piernas dobladas hacia el frente, las manos hacia atrás.

Aquella sensación cercana a la emoción que sentí entrando a este edificio se ha desvanecido por completo. Es una escena terrible la que contemplo. Entonces recuerdo que no me gusta mi trabajo por ver cadáveres, sino porque soy bueno en lo que hago, porque no descanso hasta que los culpables reciban el castigo que merecen, porque así sé que no lastimarán a nadie más. Veo a la víctima otra vez y siento indignación. Siento rabia. ¿Y si fuera Silvia la que estuviera allí sin vida? No hago esto por mí. Lo hago también por ellas, porque esta también es una forma de darles seguridad.

—Jefe Goya —me llama la patóloga, Andrade.

Me he quedado con este apodo, aparentemente, aun cuando ya no soy capitán. Me acerco a ella.

—Doctora.

—Mire.

Andrade alumbra con su linterna la espalda de la víctima en la parte superior. Hay marcas de mordeduras en los hombros y cerca de la nuca.

—Es la mordida del asesino —le digo.

—Sí y no.

—¿Dentadura postiza?

—Lo más probable.

—O tiene una dentadura que sería el sueño húmedo de una odontóloga —interrumpe Pérez. La doctora no se toma nada bien el comentario, aunque no dice nada. Yo trato de disimular, no tanto porque me cause mucha gracia, más bien, me alivia escuchar a Pérez con su tono más usual.

—¿Qué opinas de todo esto? —me pregunta mientras salimos del cuarto.

—Creo que esto es algo diferente de lo que hemos visto antes.

—Hemos visto muchas atrocidades a lo largo de estos años, Goya.

—No estoy diciendo lo contrario. Pero los asesinatos aislados a los que nos hemos enfrentado tienen una finalidad clara. Han sido por venganza, por motivos políticos, por celos, por envidia, por ajustes de cuentas entre bandas criminales… ¿Entiendes a lo que me refiero?

—¿Estás diciendo que estamos ante un asesino… en serie? —pregunta con cierta aprensión.

—Pérez, no es primera vez que recibes una llamada de este sujeto, ¿cierto?

Marcelo exhala y se lleva una mano a la frente. Sin drama. Más como una maña.

—Hace un poco más de un año recibí una llamada de un tipo que decía que estaba pensando en hacer algo muy malo. Lo despaché rápidamente mandándolo a rodar. Ni siquiera lo recuerdo bien. Tú sabes cómo es.

Yo hubiera hecho lo mismo. Todos en el departamento hemos recibido un sinnúmero de llamadas de personas ociosas que no tienen nada mejor que hacer que jugarles bromas a los oficiales de la ley. En especial Pérez, que antes de ser inspector fue oficial patrullero. Falsas denuncias, falsos crímenes, falsas confesiones. Y eso cuando no se trata de alguien solitario que se inventa un problema para poder hablar un rato con alguien del departamento.

—Pasaron varios meses antes de volver a escuchar esa voz —continuó diciendo—. Se volvieron más frecuentes las llamadas. En lo que me doy cuenta, me llama por mi nombre… También sabe el tuyo, Goya. Pero nada de esto me preocupó porque he declarado ante los medios en más de una ocasión, cuando un caso se vuelve muy famoso. Y qué decir de ti, que tu nombre apareció en la prensa apenas te hicieron inspector, con el escándalo de Ernesto Vermont.

—¿Y de qué iban las llamadas? ¿Eran como la de hoy?

—No. Eran muy cortas y el tipo hacía algún comentario sobre vainas que me parecían disparatadas. Sobre las águilas. Sobre lo falsas que son las mujeres. Sobre la escoria del mundo. Yo siempre lo consideré un loco sin oficio al que le gustaba romperme las pelotas porque en todo lo demás le iba mal. Hasta hace un par de meses, cuando dijo que ya sabía qué era lo que quería hacer y que solo le faltaba definir un último detalle. No volví a saber de él hasta esta noche, cuando te pedí que me acompañaras a este maldito lugar.

Guardamos silencio un momento. El rumor del trabajo del equipo de investigación comenzaba a cesar, la noche, a volverse más fría.

—Entonces, ¿dices que quien sea que está detrás de esto lo va a volver a hacer? —preguntó Pérez.

—Es lo que me temo. Si es que no lo hizo ya antes. Las mordidas, los golpes, las laceraciones en el rostro, todo me dice que la víctima fue abusada por el asesino. El hecho de que la haya traído a este lugar y que te haya hecho saber todo esto… Tenías razón cuando dijiste que se trata de alguien que en todo lo demás le va mal. Estoy seguro de que toda esa violencia es una forma de sentirse poderoso, pues el resto del tiempo se siente impotente. Lo más seguro es que sea un empleado de baja categoría.

—¿Empleo irregular?

—Sí. Debe haber cambiado de trabajo numerosas veces. O bien han sido empleos a medio tiempo, o bien el trabajo le permite dedicar tiempo a la elección de la víctima. Es muy pronto para saber cuál es el patrón que busca, pero el hecho de que esta haya sido maniatada indica cierto ritual. La asfixió con la bolsa que cubría su rostro. En otras palabras, tuvo que haber tenido tiempo para todo esto.

—Carajo. ¿Qué deberíamos hacer ahora, jefe Goya?

—Lo primero es averiguar la identidad de la víctima. Luego necesitaremos ayuda de la prensa. Tendremos que dar a conocer el hecho. La gente… las mujeres tienen que estar prevenidas, deben saber que hay un psicópata allá afuera.

3

En el departamento, Pérez y yo explicamos al nuevo capitán, Carlos Sotomayor, todo lo relacionado al caso: las llamadas, las características de la escena del crimen, mis fundadas sospechas sobre la naturaleza del criminal. El capitán expresa descontento y nos reprende, sin mucho aspaviento, el no haberle informado antes sobre las llamadas, incluyendo la de hace horas. Luego nos pide reunir a todo el equipo en la sala de informes.

—El sujeto que buscamos —digo a todos momentos más tarde— es un hombre de entre veinticinco y treinta y cinco años de edad. Debe tener una complexión más o menos robusta y debe ser alto. La patóloga nos ha confirmado que la víctima no murió en el sitio donde la encontramos. Esto significa que el asesino fue capaz de cargar el cuerpo por las escaleras hasta el octavo nivel.

Me detengo un momento. Siento ardor en los ojos. Estoy cansado. Bebo un poco de café.

—Es muy probable que el asesino tenga un nivel de educación elemental. Acaso no completó la secundaria. Ha realizado un crimen excesivamente violento sobre una víctima indefensa para sentirse poderoso, como si esta fuera la única manera de validarse a sí mismo. Esto me lleva a pensar que debe tener un trabajo en el que ocupa los niveles más bajos de jerarquía, uno donde no se necesitan conocimientos especializados. Es decir, que pudiera tratarse de un conserje, un vigilante; en todo caso, un obrero. Por otro lado, debe tener acceso a una locación cerrada y aislada de alguna forma. La víctima fue torturada y está claro que tuvo que haberlo hecho en algún lugar donde nadie lo viera, y en donde los gritos de la víctima no fueran escuchados.

—¿Pudo haber sido en un sótano? —pregunta uno de los oficiales más jóvenes.

—Un sótano, un depósito. Desgraciadamente, por ahora no tenemos mayores detalles. Debemos esperar el informe de la patóloga para tener más información. Lo primero que deben hacer es averiguar la identidad de la víctima. Averigüen si han reportado desapariciones de personas con las características de la víctima en los últimos días. Eso es todo por ahora. Sé que es tarde y no hay mucho que podamos avanzar ahora, pero mañana los quiero a todos a primera hora haciendo averiguaciones. Eso es todo.

Llego a casa. Es pasada la una de la madrugada. Suspiro antes de entrar. Se me ocurre que cuando vivíamos en el apartamento, aunque había menos espacio, estábamos más cercanos, tanto física como emocionalmente. Quizá exagero. En realidad es mi relación con Silvia la que se ha deteriorado. Por fortuna, Laura y yo nos seguimos llevando muy bien.

Entro y la veo dormida en el sofá de la sala con un libro

encima. Lo tomo y leo en donde lo tenía abierto. Es una historia romántica. Laurita se despierta.

—Papá —dice—. ¿Qué hora es?

—Una y cuarto —le respondo.

—¿Acabas de llegar?

—Sí —le digo soltando un suspiro.

—Pobre —dice tomando mi mano.

Intercambiamos unas palabras más y nos vamos a nuestras respectivas habitaciones. Entro a la mía con sigilo, cuidándome de despertar a Silvia. Entro al baño para ducharme. Salgo, me pongo el pijama y entro en la cama. Silvia se acuesta de lado y me da la espalda. Trato de abrazarla pero se cubre más con la cobija. No sé si está muy dormida o si evita mi contacto con intención. Prefiero pensar que es lo primero. Miro el techo y mi mente se vuelve un revoltijo de pensamientos y preocupaciones, en los cuales se mezclan mi mundo laboral y el personal. Así, aunque lejos de la calma, caigo dormido.

Es temprano y en el departamento me reciben con una buena noticia. Hemos dado con la identidad de la víctima. Su nombre era Melisa Payet. Era periodista de moda y trabajaba para la filial nacional de una revista norteamericana de tendencias. Estaba residenciada en un barrio de estrato alto, en un *loft* de un edificio nuevo. Era soltera, vivía sola. Acababa de ser reportada como desaparecida.

—¿Crees que ella y el asesino se conocían? —me pregunta Pérez, quien parece haber tenido una mala noche.

—Es posible, pero dudoso.

—Cierto. Esta mujer tiene toda la pinta de haber sido pedante y clasista…

—Oye…

—Vamos, Goya: por un lado, una mujer atractiva y de clase alta, con interés por la moda; y por el otro, según nuestras suposiciones, un tipo sin mucha educación y sin ningún tipo de «distintivo» social… No suena muy compatible. ¿No crees? A menos que se trate de una telenovela mexicana o venezolana.

—Precisamente. Además, esta clase de psicópata suele ser del tipo solitario. La pregunta es cómo dio con ella, dónde la vio. ¿La vio por la calle caminando? ¿Estuvo en su edificio o en su apartamento por la naturaleza de su trabajo? ¿La vio más de una vez?

—Tenemos que ver su apartamento, visitar su lugar de trabajo, hablar con la familia.

—Correcto. Quizá debemos enviar a uno de los nuevos a hablar con la familia.

—Me parece bien ganar tiempo. Yo iré a las oficinas de la revista y tú visita el apartamento, que eres mejor detectando signos.

Acepto la sugerencia de Pérez sin chistar y voy a servirme un poco de café antes de salir. Él delega a un oficial subalterno la visita a la familia de la víctima. Parece ser que suena el teléfono en su escritorio, aunque el bullicio del departamento, sumado al ruido de una construcción cercana, no me permite escuchar el timbre. Advierto que de su rostro huye cualquier rastro de entusiasmo previo. Corro a la oficina del capitán haciendo señas visibles para todos en el departamento. Estábamos esperando esto. Intentaremos rastrear la llamada. Levanto un auricular en la oficina de Sotomayor.

—Inspector Pérez… —escucho decir a la voz, una voz pausada que se regodea en sí misma—. Creo que por fin he hallado mi verdadera vocación. Espero ahora tener su atención y la del inspector Goya también.

Siento un escalofrío y se me seca la garganta.

—Vamos a conseguirte, maldito bastardo —le dice Pérez con una determinación que nunca le había escuchado antes.

El tipo ríe, pero no a carcajadas. Una risa leve, arrogante. Es un maldito narcisista.

—En verdad, eso espero. Por el bien de las que siguen.

Se escucha un clic y el tono ininterrumpido de la línea telefónica.

4

Me DIRIJO a la residencia de Melisa Payet. Me sigue una patrulla con dos oficiales. El barrio donde residía la víctima parece de mentira, como si un pedazo de una ciudad como Londres o Nueva York hubiera sido implantado en Sancaré. Mi casa, ubicada en los suburbios, debe valer la mitad de uno de estos apartamentos. Muchos de estos edificios son nuevos. Alguno nunca se terminó y exhibe sus entrañas como un animal listo para aves carroñeras, como el que está frente al edificio Manhattan, donde vivía la víctima.

Muestro mi identificación al vigilante, intercambiando algunas palabras para tener tiempo de mirarlo bien, analizar sus gestos. Le informo de lo sucedido y se lamenta. «Era una buena muchacha», me dice. «Muy educada». Es un tipo algo pasado de kilos, por lo que lo descarto de inmediato como posible sospechoso. El monstruo que busco debe ser más bien atlético.

La apariencia del *loft* es muy refinada, sin excesos. Cada cosa parece ocupar un lugar de manera intencionada. Muy acorde a lo que sabemos de la víctima. Comienzo a inspeccionar el lugar. Escucho gritos de admonición de una mujer en la calle. Al asomarme veo a una señora mayor reprendiendo a unos niños que se trepan por la estructura del edificio incompleto de enfrente. Deben ser sus nietos.

En la sala no veo nada que llame mi atención. Hay una zona dispuesta como un estudio, con un escritorio, una pequeña biblioteca con libros sobre arte, arquitectura, diseño, y un ordenador. Registro el último y no encuentro ningún cronograma o agenda de la víctima. Con seguridad la cargaba consigo en el momento del rapto. Solo encuentro carpetas de imágenes ordenadas según diseñadores de moda, modelos, y otras con archivos de texto, sus contribuciones a la revista en la que trabajaba. Una mujer muy ordenada. En una de las gavetas del escritorio consigo facturas y pagos diversos. No veo ninguno que haya requerido la visita de un técnico o algo parecido.

Mi paso por la cocina solo me revela que a Marisa le gustaba comer bien. En el baño de su habitación encuentro, además de artículos femeninos, pastillas para la ansiedad. No encuentro nada en su mesa de noche ni en su tocador. Registro entonces su ropero. Abunda en prendas de marcas costosas. Veo una caja de zapatos algo escondida que me llama la atención. Encuentro marihuana. Esto me quita algo de la frustración que sentía. Hasta ahora no había nada que me indicara algún contacto con el perfil del sospechoso. El asesino pudiera ser un *dealer* probablemente. No tiene un horario que cumplir, no necesita un grado universitario. Y aunque debe tratar con personas, eso no implica que tenga muchos amigos. Además, le daría acceso a la esfera del entretenimiento y el espectáculo. Por fin siento algo de optimismo. Aunque tengo confianza en el perfil que he comenzado a elaborar, todavía está muy crudo. Lo que significa que el asesino todavía nos lleva la ventaja y, por más que me duela pensarlo, es probable que haya una próxima víctima.

Llamo a los oficiales y les doy instrucciones específicas para que rastreen de dónde salió la sustancia y para que clausuren el apartamento mientras continúa la investigación.

Salgo del barrio y termino en un embotellamiento en la autopista. Entonces recibo una llamada de Pérez en mi celular.

Tal parece que, contrario a la estimación de Marcelo, Melisa Payet era muy apreciada en su trabajo, tanto por sus compañeras y compañeros como por su jefa. Alguien que «amaba lo que hacía», según la editora en jefe, quien le pronosticaba un gran futuro y se consideraba su mentora. Según lo que mi compañero pudo averiguar, en el momento de su muerte no estaba en una relación. Había estado en una hace poco, pero el tipo rompió con ella porque se iba del país. Según los recuentos de sus compañeras, uno de los hombres que trabajaba en la revista como mensajero no disimulaba en expresar su fascinación por Melisa. Pero nunca se sobrepasó con ella, ni fue maleducado.

—¿Estás pensando lo mismo que yo? —me pregunta Marcelo después de darme esta última información.

—Nuestro primer sospechoso —respondo.

—Hay un problema —advierte Pérez—. Según la jefa, el tipo salió de vacaciones hace una semana. También dijo que no creía que Tomás fuera capaz de hacer algo así.

—Debemos interrogarlo igual —le replico—. ¿Tienes su dirección?

—Voy a eso.

—Bien. Vuelve a llamarme cuando la tengas.

Entonces llamo al subalterno que enviamos con los padres de Payet para tener un reporte de la entrevista. Nada. No sacaron nada importante. Según sus padres, la ruptura de la relación amorosa de su hija se dio de una manera muy madura, sin rencores ni peleas posteriores.

Pienso en Laura. Ya tiene 16 años. Solo espero que me siga teniendo la misma confianza, que no dude de que estoy allí para lo que sea. Bueno, en definitiva hay cosas en las que Silvia va a serle más útil que yo, de hecho.

—¿Alguna enemistad o problema gordo? —pregunto al joven.

—Nada, jefe Goya. Según los padres, la víctima no había tenido ningún altercado tan grave o serio como para ocasionar su muerte. Y según lo estimaban, tenían muy buena comunicación con su hija.

Dejo al subalterno y enseguida me llama Pérez para indicarme los datos del mensajero, un tipo de treinta y un años llamado Tomás Estrada. A pesar de la impaciencia de mi compañero, le indico un lugar para encontrarnos e ir juntos al domicilio del sujeto. Todavía me tomaría algún tiempo salir de este embotellamiento. Pero, dada la idea que tengo del asesino —alguien sin piedad ni remordimiento—, no quiero que Pérez corra un riesgo innecesario, si es que el mensajero es en efecto el tipo que buscamos.

5

Estamos cerca del domicilio de Estrada. Tenemos una descripción más o menos específica de sus características físicas. Tenemos sus datos (números de contacto, fecha de nacimiento) y una fotografía para identificarlo. Hay elementos que concuerdan con el perfil que he dado a mi equipo. Es un sujeto alto y fornido. Es un empleado de baja jerarquía. Ha completado la secundaria, pero no tiene educación universitaria ni técnica. Tiene treinta años, la misma edad de la víctima.

Sin embargo, por los recuentos que recogió Marcelo, era un tipo muy sociable. Esto no encaja con la idea que tenía, pero eso no significa que no pueda ser el culpable de la muerte de Melisa. Un psicópata puede ser —y no es raro— un tipo encantador, manipulador. Por un momento trato de dejar mis dudas e ideas preconcebidas a un lado, aunque ni siquiera sabemos si el tipo se encuentra en la ciudad.

Estrada vive en un distrito de clase humilde, en la planta baja de un edificio cercano a la plaza principal.

—Primero veamos si está en casa —sugiere Marcelo—. Si

nadie nos abre la puerta intentamos con los números de teléfono.

Llegamos a la entrada. Una mujer que llega con bolsas de mercado abre la puerta y podemos acceder. Vamos viendo los números de las puertas y una de ellas se abre. Nos acercamos al umbral y vemos a un tipo alto sacando la llave de la cerradura. Es él.

—¿Tomás Estrada? —pregunta Pérez—. Somos los insp…

Marcelo no termina la frase. Por unos instantes mi visión se distorsiona. Siento un sacudón violento, como si hubiera sido golpeado por un gran saco de arena. Lo estrepitoso del movimiento me hace doler la cabeza. Cuando me vengo a dar cuenta me encuentro mirando el techo del pasillo. Estoy en el suelo. Siento mi pulso acelerado y volteo la mirada hacia la entrada. Veo al sospechoso saliendo. Busco luego a Pérez, quien ya se está parando y comienza a correr tras el sujeto.

—¡Pide refuerzos! —me grita.

Estrada, con aparente facilidad, ha logrado superarnos y se nos está escapando.

Eso no es bueno.

Todo ha ocurrido muy rápido. Aunque estaba prevenido para cualquier eventualidad, la estatura y peso del sujeto pudo más. Apenas caigo en cuenta de la situación me levanto con torpeza y tomo mi radio portátil, solicitando refuerzos mientras corro hacia la entrada. Cuando llego, la puerta se ha cerrado y no puedo abrirla. Grito maldiciones e insultos y empiezo a tocar puertas con fuerza, desesperado, identificándome como oficial de la ley y solicitando que abran. Del piso de arriba, por las escaleras, baja con paso apurado la misma señora que entró hace momentos con las bolsas de mercado. Mientras lo hace se abren puertas en la planta baja y se asoman rostros. Volteo a verlos con disgusto, como si hubieran estado obligados a asistirme en el acto, como si no estuvieran viviendo sus propias vidas.

Salgo del edificio y miro alrededor, buscando hacia dónde correr. Me percato de que no hay muchas opciones. O bien un camino cuesta arriba o el que da a la plaza, y está claro que nadie que esté a la fuga toma el camino más difícil. Hay mucha gente caminando, hay bullicio. Corro hacia la plaza y antes de que esta se vuelva visible escucho tres disparos.

Silencio.

Me detengo por un instante tan corto que apenas es perceptible. Y, sin embargo, siento temor y recuerdo las palabras con que Marcelo trató de describirme la voz del asesino: inevitable como la muerte.

Cruzo la esquina y veo una bandada de palomas a la fuga. Veo la plaza. Hay personas detenidas, como congeladas, todas observan en la misma dirección. Hay murmullos de temor. En el medio veo a Pérez de pie, apuntando su arma hacia el otro lado. Escucho su voz, aunque no puedo precisar lo que dice. Esto me permite respirar otra vez y retomo el paso apresurado. Más allá observo a Estrada. Se ha detenido con las manos arriba y nos da la espalda. Marcelo debe haber disparado al aire para que no se escape. Me pregunto si hubiera sido capaz de dispararle.

Dos patrulleros, que seguro se encontraban en la zona, aparecen primero que yo para aprehender a Estrada. Cuando por fin llego, le digo que está detenido por el homicidio de Melisa Payet.

—¡Yo no lo hice! —exclama él sin cesar.

—¿Y entonces por qué intentas huir, idiota? —pregunta Marcelo, quien aparece de repente.

Enseguida llega la patrulla de refuerzo. Los oficiales meten a Estrada en la parte trasera y se lo llevan al Departamento.

Yo estoy jadeando. Estoy poniéndome viejo. Pérez está en mucha mejor forma que yo. Está como si nada.

—¿Registramos el apartamento? —pregunta él. Yo asiento sin decir nada, recuperando el aliento.

El tiempo se instaura de nuevo en la plaza. La gente que caminaba reinicia su camino, los que estaban sentados reanudan sus conversaciones, los niños vuelven a sus juegos. La vida continúa.

Retomando la calle que da hacia el edificio de Estrada, nos volvemos a encontrar a la señora que nos abrió la puerta. Ella comienza a hablarnos sin parar. Nos hace preguntas sobre lo que había ocurrido, pero pareciera no esperar respuestas porque enseguida realiza comentarios. Nos dice que Estrada lleva un par de años viviendo en ese apartamento. Que era un tipo cordial, pero que había algo que siempre le causaba desconfianza. Nos dice que no era raro ver personas que se veían menores que él entrando a su apartamento. Pero nunca ningún vecino del mismo edificio. Yo creo saber la razón.

Entro al apartamento buscando en lugares específicos. Es un lugar pequeño, así que, si mi intuición es correcta, debería hallarlo pronto. Pérez, que va con más calma, se sorprende de mi determinación.

—¿Hay alguna información que quieras compartir, Goya? —me pregunta.

Yo estoy revisando el clóset, buscando escondites. Una de las gavetas dentro del clóset tiene un espacio mucho menor que el resto. La lámina de madera en la parte inferior es de otro color y se mueve. La retiro y encuentro varias panelas de la hierba ilegal. Tomo una y se la muestro a Pérez, quien me mira sorprendido.

—No tenía eso en mente cuando dije «compartir»… —dice con una risilla.

PÉREZ ESTÁ CON ESTRADA. Yo no participo del interrogatorio. Solo observo desde la habitación de monitoreo. El sospechoso ha confesado que era el proveedor de marihuana de Marisa. Se le ve devastado por la muerte de la mujer.

Si es el asesino, ¿estaría sintiendo remordimiento? Entonces recuerdo que encontramos el cuerpo con la cabeza cubierta por una bolsa oscura. ¿Habría sentido algo de culpa el ofensor? ¿O no hubo intención detrás del detalle? En el caso de que Payet fuera su primera víctima, considerando el relato de Pérez sobre las llamadas, el culpable se lo pensó mucho antes de cometer su primer crimen.

En el apartamento de Estrada encontramos una colección de recortes de los artículos que la víctima había publicado. Este y otros datos aportados por el sospechoso indican que albergaba sentimientos fuertes hacia ella. ¿Pero habrá sido capaz de matarla por un amor no correspondido? Tengo mis dudas. La voz del tipo es parecida a la del teléfono, eso sí. Esto me inquieta. Por ahora es lo único que tenemos. Nadie que conociera a la víctima reportó algún acosador o algo parecido.

Tomás Estrada es lo más cercano que tenemos a un culpable. De no serlo, el verdadero asesino sigue afuera, buscando una próxima víctima. Me pongo impaciente y ansioso. Dejo de observar el interrogatorio y me dirijo al laboratorio para ver a la doctora Andrade.

Cuando llego, la encuentro cubriendo el cuerpo de la occisa. Al advertirme, lo vuelve a descubrir.

—Inspector, me disponía a llamarlo.

—Doctora, ¿qué novedades hay?

—Hubo una violencia excesiva en este caso, inspector. No me fue posible determinar si la víctima falleció por asfixia o por los golpes. El asesino también abusó de ella, tal como usted lo sospechaba. He encontrado rastros de semen. Por desgracia, esto no nos permite hacer mucho, pues no tenemos ni los equipos ni una base de datos para identificar al culpable. Las marcas que dejaron las mordidas son útiles para contrastar con las mordidas de los sospechosos. No se hallaron huellas digitales. Sin embargo, hallé rastros de arena y de algas.

Este último dato me causó mucha intriga. Por un lado, era una pista muy concreta, pero por otro, me planteaba posibilidades muy dispares. La costa más cercana se encuentra a unas tres horas de la capital. Enseguida caigo en cuenta de que también podía ocurrir que alguno de los ríos que atraviesa la ciudad abundara en estos componentes. Esto me devuelve algo de esperanzas. Quizá la verdadera escena del crimen (esto es, el lugar donde ese maldito psicópata torturó a la pobre Melisa) se encuentre cerca de esta fuente de agua.

Le pido a la doctora los datos específicos de los componentes en cuestión. La veo algo cabizbaja. Le pregunto si se encuentra bien, y hace un gesto vago, pero sé que le ha afectado esta última autopsia. Trato de confortarla recordándole lo importante que es su contribución para todas nuestras investigaciones. Asiente en silencio. A veces no es suficiente saber que hacemos un trabajo importante. A veces nos supera el horror de lo que podemos hacernos a nosotros mismos. La doctora me confiesa que le han ofrecido trabajo en una clínica. La paga es buena. Hoy le notificará su intención de renuncia a Sotomayor. Cuando lo que hacemos nos empieza a erosionar por dentro, ¿debemos renunciar o continuar?

Pienso en Silvia. Pienso en mi hija.

Me encuentro nuevamente con Pérez. No hay novedades adicionales del interrogatorio a Estrada. Yo le informo sobre el reporte de la doctora Andrade. Le pido que coordine el procedimiento para contrastar las marcas de mordidas en el cuerpo de la víctima con la dentadura de Estrada, mientras investigaría sobre los ríos de la ciudad.

Estoy en el Departamento de Geografía de la Universidad de Sancaré. Uno de los profesores más antiguos me asesora en mis pesquisas. La buena noticia: me informa que hay un río que corre por el suroeste de la capital, llamado Turbe, que por las características de la zona presenta los elementos encontrados en el cuerpo de Payet. La mala noticia: la extensión que cubre es considerable, lo que significa que tomará tiempo encontrar el sitio que buscamos. Por si fuera poco, el río todavía se extiende por varios kilómetros fuera de la capital hasta una quebrada de no poca altura.

Le explico al académico las características probables del lugar que busco. Me dice que hay al menos dos barrios donde pudiera haber locaciones cerradas, aisladas acústicamente. De tratarse de una locación apartada, la búsqueda se complicaría más porque habría mucho más terreno que cubrir, espacios que en su mayoría están fuera de la jurisdicción de la capital.

Digamos que el asesino mató a la víctima fuera de Sancaré, pero dejó el cuerpo en la capital, esto podría hacernos perder tiempo por un asunto de jurisdicción.

Dejo la universidad. El sol comienza a ocultarse. Me comunico con Sotomayor. Le explico que debemos desplegar un operativo en los barrios por donde pasa el río Turbe y la posibilidad de que la búsqueda deba extenderse en las cercanías de la capital. Me responde que contamos con pocos recursos, pero que dará instrucciones en las jefaturas correspondientes. Luego hablo con Marcelo. La dentadura de nuestro único sospechoso no concuerda ni remotamente con las marcas dejadas en la víctima. Siento frustración y rabia.

Tomo la decisión de visitar el barrio más próximo por donde pasa el Turbe, que se llama Tejedores. Entre el tráfico y la distancia, me toma una hora llegar hasta allí. Me tomo otra hora más recorriendo sus calles, que son un tramado caótico de construcciones en progreso, almacenes menores y edificios residenciales pequeños.

Por un momento me siento perdido y ofuscado. No sé lo que busco. Me he zambullido en la investigación tratando de ignorar el silencio de Silvia, su descontento. Siento la urgente necesidad de estar en mi hogar, de verla y hablar con ella.

Entonces me dirijo a nuestra casa.

7

SILVIA ESTÁ LEYENDO. Laura pasará la noche en casa de una amiga. El silencio es una muralla tan gruesa como un océano. No sé qué decir ni cómo decirlo. Me he especializado como psicólogo. He hecho investigaciones. He resuelto casos enrevesados. He llevado criminales peligrosos tras las rejas. Pero no sé cómo arreglar esto. No sé cómo devolverle la confianza a Silvia en nuestra relación.

¿En qué momento se salió todo de nuestras manos?

—Quisiera que todo fuera como antes —digo de la nada.

Silvia calla, cierra el libro. Me mira.

—No sé qué quieres que te diga, Guillermo —replica—. ¿Crees que yo no?

—Dime qué puedo hacer para arreglarlo.

—Es fácil. Deja la Policía. Cambia de trabajo. Pasa más tiempo con nosotras.

—¿Recuerdas cómo era la ciudad hace diez años?

—Claro que lo recuerdo —responde algo exasperada— ¿Qué? ¿Ahora eres el héroe que salvo a la ciudad?

—Sabes que no es eso lo que quiero decir. Y también sabes que hice un aporte para que ello ocurriera.

—Goya, le has dado a esta ciudad suficiente…

—Solo trabajo para que ustedes estén más seguras.

—Solo estás exponiéndote y exponiéndonos a nosotras a peligros innecesarios. ¿Cuántas veces más tienes que poner tu vida y la nuestra en la raya? No nos pongas a nosotras como excusa. No estás haciendo lo que haces por nosotras. Lo haces por ti mismo.

Silvia se retira molesta.

Me quedo en el sofá sentado. Pienso y pienso sin llegar a ningún lado. Trato de imaginarme haciendo otra cosa. ¿Por qué me aterra? Un trabajo en un departamento de investigación, un puesto como profesor en ciencias de la conducta. Seguir una rutina, adaptarme. Solo por unas horas. Luego podría estar acá. Escribir. Dedicarme a algún *hobby*, ¿no?

Así se me va el tiempo hasta que siento una mano en mi hombro.

—Lo siento —susurra Silvia—. Me siento frustrada.

—Yo también.

Se sienta a mi lado.

—Sé que nos amas —dice—. Sé que te preocupas por nosotras. Eso lo reconozco.

—Lo hago.

—Y quizá sea injusto de mi parte pedirte que dejes lo que has hecho todo este tiempo, que abandones tu carrera.

Silvia toma mi mano. Siento alivio dentro de mí, como si no hubiera un asesino suelto, como si nada existiera en el mundo más que nosotros dos.

—Tratas de hacer algo bueno por la sociedad —continúa —. Quizá te estoy exigiendo demasiado. Quizá te exijo que abandones algo que forma parte de lo que eres. Yo pensé que no me afectaría tanto tu ausencia, pero no puedo pretender más, lo lamento. Necesito a alguien que…

No dejo que termine de hablar. La beso como si fuera un hombre que encontró un arroyo en el desierto. Ella gime y comienza a desvestirme. Ambos nos abandonamos al momento y hacemos el amor en el sofá.

Después pasamos un rato largo en silencio. Como tratando de estirar el momento, aferrándonos a esa paz. Pero el momento pasa porque todo pasa.

—Esto no cambia nada —me dice—. Debes tomar una decisión pronto. Tiene que haber un cambio.

Silvia se va a la habitación. Yo me quedo allí, sin más que decir o pensar, contemplando una niebla que cada vez se hace más grande. Y esa niebla es el futuro. Hasta que me quedo dormido.

De la dulce y apacible nada de un sueño profundo me sacó el timbre de mi celular. Me levanto con torpeza del sofá para buscarlo. Después de la tormenta viene la calma, pero lo contrario también es cierto.

—Han hallado el cuerpo de otra mujer —masculla Pérez.

Salgo de inmediato.

Es de madrugada. Casi no hay tráfico, lo que me permite llegar rápido al lugar del crimen, en un barrio de clase media, a uno de los últimos pisos de un edificio alto. Aquí tampoco faltan las edificaciones en construcción.

Marcelo me informa que una vecina llamó a la policía porque había escuchado gritos en el apartamento de al lado. Cuando llegaron los oficiales encontraron el cuerpo, tal como lo vemos ahora. Está en el suelo de la habitación principal, maniatado; manos por detrás, pies amarrados, piernas dobladas. Justo como Melisa Payet. Presenta marcas de mordeduras en las mismas zonas del cuerpo. Esta no tiene laceraciones en el rostro, pero sí lo dejó muy golpeado. También tiene la cabeza cubierta con una bolsa de plástico. Esta es transparente. La violencia, como con Payet, fue excesiva.

Es el mismo sujeto. Toda la escena tiene su firma, aunque haya elementos que en este caso no se encuentran. Esta vez lo ha hecho en el apartamento mismo de la víctima, una mujer morena de unos veintiocho años, de altura y peso similares a la anterior.

—¿Es el mismo, verdad? —pregunta Marcelo.

—Sí.

—Maldita sea…

Observo una de las manos de la víctima. Las uñas, largas, tienen sangre en la punta y acumulada por debajo.

—Debemos notificar a los cuerpos policiales activos en la zona. Se trató de defender y es probable que haya podido rasguñar el rostro del asesino.

Pérez pide a los oficiales que se divulgue la información. Luego vuelve.

—Estamos cerca —le digo—. El asesino tuvo que haberse percatado de la presencia policial en su zona buscando el lugar donde tortura a sus víctimas. Acaso hasta lo detuvieron mientras conducía, ya que Sotomayor dio indicaciones de inspeccionar furgonetas y camionetas usadas comúnmente por secuestradores. Esto lo sacó de su *modus operandi*. Lo puso furioso. No pudo haber contado con tanto tiempo para matar a esta pobre chica. La llegada de la policía debió haberlo sorprendido. Y, sin embargo, mira cómo la dejó.

Tras registrar el apartamento podemos precisar que la víctima se llamaba Clara Ramírez. Trabajaba en una empresa de telecomunicaciones. También vivía sola.

Para cuando nos empezamos a retirar del apartamento ya

comienza a amanecer. Mientras me acerco a mi auto, y Pérez a su moto, él me pregunta cómo están las cosas con Silvia. Debe ser que no he sido capaz de disimularlo bien. Justo antes de abrir la puerta le digo que no están bien. Estamos frente al edificio de la víctima. Él responde con un gesto que interpreto como solidario y nos quedamos por un breve instante sin saber qué decir luego. En eso siento que algo cae en mi hombro. Marcelo rompe en carcajadas. Observo una pequeña porción de una sustancia blanca y viscosa derramándose.

Me ha cagado un pájaro.

Miro hacia arriba. El ave reposa como si nada sobre una de las grandes vigas del edificio en construcción. Me percato que este se proyecta mucho más alto que aquel de donde habíamos salido. Entonces recuerdo a la señora que regañaba a los niños que jugaban encaramándose en la construcción frente al *loft* donde vivía Payet.

Todo termina de cuadrar en mi mente.

—¿Qué sucede, Goya? —inquiere Marcelo, intrigado, notando el cambio drástico en mi semblante.

8

UNA MISMA EMPRESA es responsable de las construcciones cercanas a las residencias de ambas víctimas. Hasta son los mismos que están remodelando un edificio frente a nuestra Jefatura.

Pérez y yo estamos en las oficinas centrales de la constructora, tratando de obtener una lista de los obreros empleados para los proyectos que se encuentran activos en este momento. La información es difícil de recuperar. Estos datos no se guardan de forma organizada.

Recuerdo que los edificios de las víctimas superan los cinco pisos. Entonces solicitamos las direcciones de las construcciones de ese tamaño. Luego pregunto por los más importantes. Son dos. Marcelo y yo nos separaremos para ganar tiempo. Pasamos la información de los otros proyectos a Sotomayor, para que esté prevenido.

Hasta ahora me encontraba por completo perdido con respecto a cómo era que el asesino daba con las víctimas. De cierta manera, estaba ocurriendo al revés. En las horas ociosas, sentado en las alturas, el maldito observa las ventanas de los edificios contiguos. Habrá ocasiones en que no ve nada interesante. Pero, a veces, ocurre que en determinado proyecto, en uno de esos edificios cercanos, en una de esas ventanas, se asoma por desgracia una mujer que llama su atención. A juzgar por las dos víctimas que conocemos, una mujer joven, alta y algo voluptuosa. Y tiene la oportunidad de observar lo que pasa detrás de las ventanas de ese apartamento, todos los días que trabaja en esa construcción. Así llega a tener una buena idea de cómo vive la mujer: si tiene pareja, si vive sola, a qué hora sale o a qué hora suele llegar. Entonces, un buen día, acaso una buena noche, pasa en su furgoneta. Debe ser un tipo con cierto encanto. Acaso tenga cierto atractivo. El hecho es que logra atraer a sus futuras víctimas a su vehículo mediante un engaño creíble que, sumado al elemento de encanto, hace que accedan.

Así tuvo que haber ocurrido con Marisa Payet. Pero nos adelantamos lo suficiente para estorbar, entorpecer su táctica. Entonces, incapaz de controlar su impulso asesino, ahora redoblado por nuestra intromisión, se ve obligado a irrumpir en la vivienda de Clara Ramírez. Quién sabe qué treta usó para lograr que le abriera la puerta. Otra vez el factor encanto. Siendo que, con toda probabilidad, este tipo ha pasado por numerosos trabajos antes, quizá conserva accesorios de uno o varios de ellos que le fueron útiles para engañarla por un instante, breve, insignificante, fugaz… pero fatal.

Pérez y yo nos separamos en busca del asesino.

9

El ruido de las máquinas me obliga a gritar para hacerle preguntas a los encargados del proyecto.

Les hablo del sujeto al que busco, tratando de describir sus rasgos físicos —que solo puedo inferir—, lo que en definitiva se reduce a rasgos muy generales. Como es de esperar, los encargados me dicen que hay decenas de empleados de construcción que pueden entrar en esa descripción.

Entonces trato de darles un retrato de su personalidad. Les digo que es un tipo que por lo general habla poco, pero que es muy observador, quizá hasta detallista. Les digo que no es de muchos amigos, que no es de los que se toman unas cervezas los viernes con otros compañeros, que más bien se cree mejor que el resto. Por último les digo que es posible que las mujeres sean coquetas con él.

—Ah, pues ese suena al «Fraile» —dice uno de ellos.

—¿Lo conoce? —pregunto.

—No, pues, yo solo he trabajado con él una vez, hace años. Pero Hernán sí, como que es amigo de él.

—¿Hernán?

—Sí, es otro obrero, ahora está en el piso quince, creo.

—Toca que pregunte —dice otro, haciendo un ademán en dirección hacia arriba.

Voy, entonces, preguntando por Hernán o, como le dicen, «el Potro». Cerca del elevador se desencadena una serie de gritos, pronunciando su nombre, para ubicarlo. En efecto, está en el nivel quince. El elevador está aquí abajo y, por más que deteste la idea de subir y caminar entre vigas enormes y pisos enrejados improvisados, me dejo de cosas y subo. No tengo tiempo que perder.

Arriba me recibe Hernán, que le hace justicia a su apodo. Es un tipo enorme y musculoso, con una voz gruesa.

Me habla sobre «el Fraile». Habla con mucho respeto, casi admiración. Me dice que es alguien con una moral de fierro, alguien que no hace como la mayoría de sus compañeros, que se gastan el sueldo en alcohol y putas. Por otro lado, me confiesa que no se considera su amigo, o mejor dicho, que no cree que «el Fraile» lo considere como tal. Lo único que le llama la atención sobre él, dice, es que nunca le ha conocido una novia, o una amante, lo que sea. De hecho, cuando la mayoría de los obreros están lanzando improperios a las mujeres que pasan, en las horas de descanso, «el Fraile» los está recibiendo de ellas. «Bueno, no piropos», aclara Hernán. «Pero miradas, saludos, sonrisas. Usted sabe».

—¿Y dónde está trabajando ahora «el Fraile»? —interrogo.

—Un proyecto que apenas está comenzando, cerca de Tejedores.

De inmediato me comunico con Pérez. Él ha tenido más suerte que yo y ha conseguido copias de sus documentos y dirección. También le han dado la misma referencia con respecto al proyecto donde obra en la actualidad.

Marcelo y yo nos encontramos en Tejedores antes de dirigirnos a la construcción. Comparte conmigo la información que ha recopilado. La residencia del sujeto se encontraría saliendo de la capital, en el barrio que no llegué a recorrer el día de ayer, Las Minas.

Su nombre es Aníbal Escarrá.

Nos vamos en mi auto hasta el proyecto. No tardamos mucho en llegar. Sin embargo, cuando preguntamos por él, nos dicen que no se ha presentado el día de hoy. Pérez y yo nos miramos, temiendo lo peor.

Salimos de inmediato hacia Las Minas. Comienza a llover. Pasamos de largo por un extenso humedal y luego vemos el río Turbe, oscuro y caudaloso. Momentos después nos encontramos entrando a Las Minas. Notificamos entonces a Sotomayor sobre todo lo averiguado. El paisaje es precario, las calles, escabrosas. La lluvia cae sin descanso y se embarran las vías. No hay indicaciones ni señales que nos permitan ubicarnos. No podemos dar con la dirección por nuestra cuenta.

Preguntamos a unos peatones que se resguardan frente a

una tienda. Pero tampoco saben qué responder. Unas cuadras más adelante Pérez se baja y pregunta en una farmacia. Vuelve con unas indicaciones vagas, pero que son mejor que nada. Continuamos así por unas cuantas cuadras más, doblando en esquinas, tomando curvas. Nos sentimos perdidos y volvemos a preguntar a la primera persona que vemos. Nos dice que nos han dado indicaciones equivocadas. Que hemos tomado un mal cruce.

Entre la lluvia y la desorientación, me comienzo a desesperar. Pérez trata de calmarme asegurándome que lo vamos a atrapar.

Desandamos un buen tramo de nuestro recorrido y hacemos las correcciones sugeridas. Minutos después vemos las primeras indicaciones de calles en todo el barrio. Parece que estamos cerca. Muy cerca.

La lluvia no para. Me vuelvo a orillar y Pérez se baja otra vez para precisar unas últimas indicaciones en una tienda, del otro lado de la calle. Lo veo hablar con el cajero de la tienda. Ambos hacen gestos con las manos. Marcelo asiente. Parece entusiasmado. Al salir me ve y hace señas, como para que me baje del auto. ¿Será aquí mismo? ¿Estaremos así de cerca? Por el retrovisor alcanzo a ver la primera patrulla acercándose. Debe ser aquí.

Me bajo del auto. Pérez me hace señas para que cruce la calle. Lo comienzo a hacer y a medio camino me detengo porque viene un auto en la dirección opuesta. Bajo la mirada y me palpo, asegurándome de tener mi arma y mi identificación como inspector. No reparo mucho en el auto, pero parece que ha bajado un poco la velocidad. Subo la mirada y observo una furgoneta blanca pasar frente a mí. Escucho dos disparos.

Todo se detiene, todos los sonidos se fugan de este lugar. Reacciono con una contracción muscular, como un espasmo en todo mi cuerpo. Justo antes de que el auto me pase de largo, su conductor voltea hacia mí. Es él, Aníbal Escarrá. «El Fraile». El asesino.

Yo me quedo congelado, como un idiota. El carro sigue de largo y veo, a unos metros de mí, a mi compañero Marcelo Pérez en el suelo, sangrando.

Corro hacia él. Ha recibido los dos disparos en el pecho. Se desangra rápidamente. Yo mismo estoy empapado de ella. Me percato que la patrulla se ha detenido al lado y que los oficiales se acercan. Marcelo trata de decirme algo. Me toma del abrigo y me hala hacia él.

—Atrápalo —dice y se desvanece.

No puedo creer nada de lo que pasa. Me empiezo a mover, pero todo ocurre como si ya no fuera dueño de mí. Grito a los oficiales que pidan una ambulancia y sin pensarlo me meto en la patrulla y parto a toda velocidad tras la furgoneta.

Momentos después el vehículo se hace visible. Siento que un demonio se ha apoderado de mí. Siento una furia descomunal y aterradora, capaz de arrasar con lo que sea que se me atraviese. Mi respiración es la de una bestia. Resoplo y gruño. Piso el acelerador todo lo que puedo y grito, demente. Otros autos se atraviesan. Los esquivo como si esquivara peatones.

Me acerco a la furgoneta y esta se atraviesa para no dejarme pasar. La ira me ciega. No existe el temor. Acelero otra vez y choco por detrás el auto del monstruo. Este ahora busca alejarse, aumentando la velocidad. Nos acercamos a un puente que pasa por encima al Turbe. Un auto inocente obliga al «Fraile» a bajar la velocidad, a pesar de que lo choca y lo deja al lado de la vía. Aprovecho esto para acelerar otra vez y tratar de sacarle ventaja.

Justo antes de entrar al puente giro el volante, todo lo que puedo, en dirección a la furgoneta. La colisión nos lleva por una pendiente. Todo da vueltas. Siento golpes por todas partes. Y un instante después me encuentro de narices en el río Turbe. Se apagan las luces.

Escucho una puerta abrirse y siento que alguien trata de sacarme. Alguien con mucha fuerza. Creo que me he roto una costilla y un tobillo. Todo se ve borroso y, en el momento en que apenas logro distinguir algo, lo que observo es el rostro de Aníbal, sangrante.

Recibo un golpe, como el de un bloque de concreto que se estrella contra mi rostro. Gimo de dolor. Y entonces siento un cinturón enrollarse alrededor de mi cuello, como una serpiente que está a punto de engullirme. Tengo un ojo cerrado por el golpe que acabo de recibir. De mí salen los sonidos de un animal moribundo. Con una mano trato de apartar a mi verdugo y con la otra busco mi arma. Palpo la funda, palpo el arma. Desabotono la primera y saco la segunda.

No sé cómo, pero alcanzo a pegar un grito que, me parece, recorre todo el planeta. Y a ese grito lo acompañan no sé cuántos disparos. Presiono el gatillo una y otra vez para escapar de la muerte, para vengar a Pérez, a Melisa, a Clara, para acabar con la frustración de ver cómo se derrumba mi matrimonio, incapaz de hacer lo necesario para arreglarlo.

Ignoro el número de veces que disparé. No gasté toda la carga.

Cuando vuelvo en mí estoy entre el pantano y el agua del río. La lluvia cae sobre mí. El cielo está todo gris. Escucho un rumor de personas. Miro hacia el puente y numerosos rostros se asoman. Meto mi mano en el bolsillo del abrigo. Allí siento el muñeco de trapo. Mi ángel de la guarda.

A mi lado yace un bulto inerte que solía ser Aníbal Escarrá, «el Fraile».

11

Como se supo después, la dentadura del «Fraile» correspondía perfectamente con las marcas encontradas en las víctimas. También se pudo comprobar que la sangre encontrada en las uñas de Clara era de él. El rasguño no lo había sufrido en el rostro, sino en un brazo. En su habitación se consiguió una lista de nombres de mujeres con direcciones y horarios particulares. Entre esos nombres figuraban los de Melisa Payet y Clara Ramírez.

También se encontró una colección de noticias en las que figurábamos yo y mi difunto compañero, Marcelo Pérez. Los recortes de estas noticias se hallaron dentro de un cuaderno en donde «el Fraile» anotaba sus fantasías mórbidas.

En el hospital, después de que mis heridas fueran tratadas, tuve una discusión terrible con Silvia. Al comienzo creí que todo estaría bien, porque soy un enfermo, porque hay algo malo en mí. Estaba usando la muerte como un chantaje. Claro que ella estaba aliviada de que estuviera con vida. Pero mi «accidente» solo había empeorado todo. Ella no podía seguir pasando por lo mismo, una y otra vez, hasta el día que no lograra sobrevivir. Y ahora sé que tiene toda la razón.

En ese momento fui incapaz de verlo, claro. Mi compañero de tantos años había muerto en mis brazos, el que en tantas otras ocasiones me había salvado la vida. Y yo no pude hacer nada para evitarlo. La culpa y mis frustraciones acumuladas me llevaron a gritarle a Silvia, a decirle palabras de las que no dejo de arrepentirme. Y todo ello frente a nuestra hija. Desde entonces Laura también ha tomado distancia conmigo. La última vez que las vi fue en el funeral de Pérez, hace un par de semanas.

El desastroso desenlace del caso del «Fraile» llevó a Sotomayor a darme de baja por un mes. «Tómatelo como unas vacaciones bien merecidas», me dijo. Silvia, por su parte, me pidió encarecidamente que le diera espacio, que necesitaba un tiempo sola.

Desde entonces estoy aquí, en un pequeño apartamento del centro, en donde trato de convivir con la culpa y la esperanza. A veces hablo con Laura, cuando me atiende el teléfono. Hoy, más temprano, pasó a visitarme la doctora Andrade. Era su último día. Me ha regalado una botella de vino.

Ya casi me la he bebido completa. Es una especie de consolación, supongo. No tengo trabajo. No tengo familia.

Es de noche.

EL JUGADOR

1

TENÍA RESACA cuando recibí la llamada de Sotomayor. Apenas comenzaba a abrir los ojos cuando el timbre del teléfono me sacó del sueño —o la pesadilla— en el que estaba. Tuve la tonta esperanza de que fuera otra persona.

«'Jefe Goya', ¿cómo te ha sentado el descanso?»

¿Ha dicho «Jefe Goya»? Si me viera. No soy siquiera la sombra de lo que era hace un año, apenas un despojo de aquel «Jefe Goya» que dejó a su compañero morir y alienó a su propia familia.

Trato de incorporarme en el colchón, gruñendo. La botella de *whisky* que todavía sostengo está vacía. Maldita sea. Imágenes vagas de la noche anterior cruzan por mi cabeza. Alguien me ayudó a llegar a mi apartamento. La voz al otro lado de la línea carraspea, recordándome su presencia. Han pasado varios meses desde la última vez que escuché la voz de Sotomayor. No sé cuántos más desde aquella maldita licencia.

«Sotomayor, creo que todavía no estoy listo para volver», digo sin más. No tengo el más mínimo deseo de ir tras otra lacra que ha asesinado a una mujer ingenua, una más del montón. O quizá esta vez la víctima fue algún idiota sin oficio y sin futuro que creyó que podía dejar el mundo mejor de lo que lo había encontrado, ninguna pérdida para la humanidad. Selección natural. No hace falta que yo haga nada. El mundo no me necesita. Siento que alguien da de martillazos en mi cabeza.

«Entiendo que estás pasando por un momento difícil, Goya», me responde, buscando un tono solidario y empático. Falso. «Han pasado cinco meses desde la licencia y creo que te vendría bien algo de trabajo», agrega.

¿Qué se cree este tipo? «Con todo respeto, pero no creo que tengas ni puta idea de lo que necesito, Sotomayor». Suelta una risa particular, como si hubiera encontrado algo.

«Allí está», dice. «Créeme, yo mismo me he divorciado en dos ocasiones. No sé por qué lo sigo haciendo, pero estoy en mi tercer matrimonio», explica. Me aburro.

«Adiós, Sotomayor. Llamaré cuando me encuentre con la disposición correcta».

«Hace unos días pasó Laura por la jefatura», espeta rápidamente para engancharme. Y lo logra. Escucho el nombre de mi hija y siento que se me arruga el pecho. Mi miseria es tal que, a la vez, este dolor es lo más cercano que tengo a una alegría. «No juegues conmigo, Sotomayor», le advierto.

«Puedes preguntarle a quien quieras aquí», argumenta. «Pensó que te encontraría. Supongo que quería saber cómo estabas».

No he visto a Laura desde hace un año.

«Solo te pido que le eches un vistazo a la evidencia que hemos recogido», añade él. «Son dos casos alarmantes, Goya. Sabes que no te estaría llamando si no lo fueran».

Miro el techo de mi habitación y me sacudo la cabeza, como si así pudiera espantar memorias tan dulces como dolorosas.

«Pasaré por allá más tarde», le digo y corto la llamada. Ignoro por completo la hora o si en realidad seré capaz de ir a la Jefatura.

Me levanto finalmente del colchón y me dirijo al baño. Me observo en el espejo. Tengo ojeras, mis ojos se ven hundidos; las arrugas en mi rostro se ven más marcadas y no me he afeitado en días. Me veo demacrado.

SOBRE LA MESA se hallan desparramadas una buena cantidad de fotografías. En los bordes, algunas cajas con objetos diversos.

Las víctimas son un par de muchachos, de dieciséis y diecinueve años. No hay rasgos físicos en común entre ambos que sugieran un perfil como objetivo de un mismo asesino, más allá del hecho de que los dos son jóvenes e hijos únicos. El primero, el menor, fue encontrado en su habitación sin vida, en la silla frente a su escritorio, hace unas semanas. Fue degollado. El segundo fue hallado en una carretera, en el camino a su casa, hace pocos días. Murió desangrado, después de recibir cuatro disparos.

El menor, Fabián Colmenares, se desempeñaba bien en la secundaria. Se llevaba bien con sus compañeros, no participaba en ninguna actividad extracurricular. Según sus padres, más bien salía poco, cosa que les preocupaba. A su vez, estos no dejaban de culparse por la muerte de su único hijo, recriminándose el poco tiempo que pasaban con él a causa del trabajo. No tenían noticia alguna de que su hijo estuviera metido en algún problema serio. El informe de autopsia confirmó que el joven no consumía ningún tipo de drogas, nada de alcohol. Sí resalta el hecho de que, al parecer, tenía una dieta pésima y no hacía ningún tipo de ejercicio.

El otro, Cristian Fajardo, cursaba el segundo semestre de Informática. Casi la misma historia. Un chico sano que no se metía con nadie. Muy buen estudiante. Sus padres estaban separados y vivía en la casa de sus abuelos junto con su madre. La familia, destrozada por la pérdida, no comprende cómo pudo pasarle algo así a Cristian.

En ambos casos se presume que fueron víctimas de robo.

Es lo que sugiere la evidencia. Los Colmenares encontraron su vivienda hecha un desastre la noche en que hallaron muerto a su hijo. Tampoco la policía consiguió ni billetera ni ninguna identificación en el cuerpo de Cristian, cuyo cadáver fue reportado por un vecino que realizaba su caminata rutinaria, y gracias a él se supo la identidad del joven.

En ambos casos, sin embargo, había algo que no cuadraba. Los Colmenares aseguran que los criminales no se llevaron nada de su hogar, a pesar del estado caótico en que lo hallaron. Y en el caso del universitario, aunque faltaba su billetera, no así su mochila —una de marca, costosa— ni el dinero que había en ella, junto con otros objetos de valor, como un reproductor portátil con unos audífonos, ambos de última línea. Y parece difícil que en su billetera pudiera llevar más dinero del que había en la mochila, sumando efectivo y aparatos electrónicos.

Ambas autopsias establecen que los perpetradores tendrían una edad entre veinte y treinta años.

Tenemos, por un lado, una escena que sugiere que los criminales no encontraron lo que buscaban, o bien, que lo encontraron y los padres —por la razón que sea— no quieren que las autoridades lo sepan. Y por otro, tenemos a un ladrón que se lleva algo, pero deja atrás lo que, presumo, tenía más valor.

Si a esto sumamos la forma violenta en que murieron los chicos, el conjunto se vuelve más inquietante.

«¿Y bien?», pregunta Sotomayor, mientras cierra tras de sí la puerta del depósito de evidencias.

«Voy a necesitar algo de licor», replico. Él me mira y en su rostro leo una mezcla de entre exasperación y sorpresa.

3

Doy un sorbo a la pequeña botella de coñac mientras salgo de la Jefatura. Atardece. No he visto a Silvia desde que me fui de casa. El «vamos a darnos un tiempo» ha durado más de un año. Y no parece que vaya a terminar pronto. En ese tiempo no hemos hecho sino alejarnos más.

Antes de dejar la Jefatura me comuniqué con las familias de ambas víctimas, notificándoles que necesitaría de su colaboración. El hogar de los abuelos de Cristian queda muy lejos, así que me dirijo donde los Colmenares, que viven en un barrio que por desgracia conozco muy bien.

Quien me recibe en la entrada es el marido, Henry. «¿Qué desea?», pregunta sin saludar y con expresión de desagrado.

«Es el inspector», le digo después de dar un último jalón a un cigarro moribundo. El hombre me mira con atención, ojos entrecerrados.

«¿Usted es el inspector Guillermo Goya?», pregunta, tratando de disimular algo parecido a la decepción. Le muestro mi identificación, la cual para mi propia sorpresa todavía no he perdido. El hombre sonríe apenado y me extiende la mano, luego me invita a pasar. «¿Le puedo ofrecer algo?», pregunta y yo le respondo que café.

Observo la sala a la vez que Henry me habla desde la cocina, haciendo preguntas y comentarios neutros para evitar el silencio mientras prepara la bebida caliente. Todavía se encuentra un poco desordenada, pero ni rastro del desorden con que la encontraron aquel fatídico día. Hay fotografías sueltas en una mesa de centro. En la mayoría sale la familia en distintas locaciones. Se ven contentos. Otras son más viejas, de la boda de los Colmenares o de cuando los padres de Fabián obtenían sus títulos universitarios.

—¿Está casado, inspector? —me pregunta Henry. Noto un cambio en su tono. Yo guardo silencio. La pregunta me afecta. No sé qué responder. La verdad es que estoy separado, lo sé.

—Lo siento —dice el hombre—, quizá es una pregunta impertinente.

—Estoy separado —confieso, finalmente, y busco la pequeña botella de coñac en mi bolsillo, pero logro controlarme.

—Lamento escucharlo. ¿Con hijos?

—Una hija. Está en el primer año de la universidad.

Henry aparece con dos tazas de café humeantes. Se maneja con prudencia. Ahora advierto en sus ojos el peso de la pena y el duelo. Aunque siento que he perdido a mi familia, sé que están aquí, vivas. Y si algo le pasara a Laura…

—Lamento mucho su pérdida, señor Colmenares.

—No voy a mentirle, inspector, nunca he sentido un dolor tan devastador. Mi esposa ha optado por sumergirse todavía más en el trabajo. Yo, no sé si por fortuna o desgracia, no he podido.

—Todos tenemos distintas formas de asimilar el duelo —le digo palpando la botella de coñac en mi bolsillo, deseando beberla por completo—. La negación es una etapa natural.

—Aprecio sus palabras —replica Colmenares, luego busca animarse—. Pero dígame qué puedo hacer por usted, ya hemos hablado con la policía y no se me ocurre qué otra cosa contarle.

—¿A qué se dedican usted y su esposa? —interrogo y la pregunta extraña a mi interlocutor.

—Yo trabajo en una aseguradora y Alicia trabaja con sistemas de informática.

La última información me deja con más interrogantes que certezas y esto lo debe haber notado Henry, quien enseguida se explica.

—Internet —dice—. Es el futuro. Cada vez va formando parte de cada pequeña interacción del día a día. Sin mencionar la actividad económica a la que está dando lugar. Alicia siempre trata de explicarme al respecto, pero yo la verdad es que no entiendo nada.

El puto mundo, siempre cambiante.

—Señor Colmenares, en realidad yo no estoy a cargo de esta investigación —digo resueltamente—. Me han pedido asesoría y he venido porque los informes de sus declaraciones no me parecen satisfactorios.

—No entiendo a dónde quiere llegar —comenta Henry.

Me doy cuenta de que mi proceder es errático.

—Lo más importante es que sepa que puede ser completamente sincero conmigo. Como le he dicho, oficialmente no formo parte de esta investigación, así que puede verme como otro ciudadano más…

Siento un bajón de tensión. Me mareo. Siento náuseas.

—¿Se encuentra bien, inspector?

—Necesito el excusado.

Mi organismo no puede procesar más alcohol por ahora. Me veo obligado a vomitar. Estoy pálido. Me lavo la cara y respiro profundamente para retomar el control.

—¿Quiere una pastilla? —me ofrece Colmenares al verme salir. Con un gesto lo niego.

—Colmenares —le digo—, ustedes han declarado que quienes irrumpieron en su casa no se llevaron nada al final.

—Es correcto.

—¿Pero qué buscaban entonces?

—Nos hemos hecho la misma pregunta, inspector, pero no tenemos la menor idea.

—Le repito, no estoy aquí como un oficial de la ley —digo esto y me parece que miento, pero luego no estoy muy seguro—, si hay algo que están ocultando será mejor que se sincere conmigo ahora. Solo así habrá esperanza de dar con los responsables de la muerte de su hijo.

Esta última frase da en la herida abierta. El hombre se sienta y se lleva las manos a la cabeza. Parece que llora, aunque ningún sonido se escapa de él. Su respuesta es desconcertante, sin embargo.

—Eso lo sé muy bien, inspector —responde—. Y le digo que no estamos ocultando nada. Cometimos el error de dejarnos absorber por nuestros trabajos, descuidando a quien era la razón de todo nuestro sudor y empeño. Eso nunca podré perdonármelo. Pero somos personas honestas.

El silencio se instala de súbito en la sala, como si estuviera avalando las palabras recién dichas por Colmenares. Por unos instantes lo respeto y le doy un respiro.

—¿Puedo observar la habitación de Fabián? —pregunto luego.

El hombre asiente y me pide que lo siga hasta el piso de arriba. Abre la puerta y con un gesto me invita a pasar. Él se queda en el umbral. La habitación ha sido restaurada, supongo, al estado anterior al suceso, como si Fabián la hubiera dejado esta mañana y estuviera a punto de llegar a casa. No veo nada referente a gustos por el deporte o la música, ni imágenes de famosos que admire. Una cama perfectamente normal. Un escritorio con una computadora. Una estantería con naves espaciales de películas de ciencia ficción. Libros sobre juegos, aparentemente. También sobre programas de computación.

—¿Qué le gustaba hacer a Fabián? —pregunto refiriéndome a lo obvio.

—Pasaba mucho tiempo frente a la computadora, si a eso se refiere. Su madre se enorgullecía de él porque aparentemente sabía mucho de computadoras para su edad.

Advierto que detrás de la puerta hay un afiche. Aparecen unos soldados, algo tipo ciencia ficción, aunque no recuerdo haber visto esta película. Henry se percata de mi curiosidad.

—Le encantaban las cosas futurísticas y espaciales —dice y se devuelve al umbral rápidamente. Quizá no ha entrado desde que ocurrió todo. Quizá desde antes. Al reparar en esto decido terminar con la entrevista. Le agradezco por su colaboración recordándole que todavía quisiera hablar con su esposa, Alicia.

Salgo de la casa de los Colmenares con la cabeza en otro lado, fuera de la investigación. Entro al auto, indeciso y ansioso. Lo enciendo y saco la botella de coñac, a la cual doy un sorbo. Entonces manejo con lentitud, atravesando unas pocas cuadras. Es de noche, pero hay calles en las que chicos reunidos intercambian historias sobre fiestas y aventuras.

Llego a la esquina a la que quería llegar. Apago el auto y me quedo allí observando, esperando. Mi mirada queda fija en una casa. Las cortinas están corridas y siento algo cercano a una alegría, debatiéndose entre la enfermedad y la miseria. De la guantera saco unos prismáticos y miro a través de ellos con atención.

La sala está iluminada, pero es una luz suave que respeta las sombras. Bajo los prismáticos y miro a mi alrededor: calles solitarias, la vida ocurre dentro de las casas, no en las afueras, donde yo permanezco como un exiliado.

Retomo los prismáticos. Alcanzo a ver el sillón donde ella siempre lee. Me parece ver sombras en movimiento y un momento después aparece ella, en camisón, las piernas desnudas. Se sienta con un libro. Observo a Silvia como quien ve a lo lejos un paraíso perdido, inalcanzable. Me encuentro totalmente intoxicado por su belleza y mi añoranza. Saco el coñac y comienzo a beber, como si así pudiera asimilar estas emociones y pensamientos que se desbordan de mí.

A veces se ausenta por un momento y vuelve con un vaso. A veces observa por la ventana con una mirada perdida, hasta que las luces se apagan y ya no la veo más. Y yo, entre sorbo y sorbo, me voy sumergiendo en la embriaguez hasta quedarme dormido.

4

Despierto sobresaltado por el sonido de un golpe constante y agudo.

—¡Guillermo, qué coño es esto! —grita una voz de mujer.

Es de día. Yo parezco una bolsa arrugada en el asiento. Volteo hacia la ventana y miro el rostro de una Silvia furiosa.

—¿Estuviste aquí toda la noche? ¿Como un pervertido? —exclama.

Yo todavía no he logrado decir una palabra, tratando de acomodarme, escondiendo la botella y los prismáticos, ya demasiado tarde. Ahora la escucho gruñir.

—Silvia, espera —digo, bajando el cristal del auto, mientras ella se va—. Estaba trabajando un caso…

No logro nada. La veo mover las manos en señal de rechazo. No quiere escuchar nada de lo que digo. Ahora yo me siento furioso. Golpeo el volante, la puerta. Suelto un grito fugaz de rabia. Momentos después la veo partir en su auto.

Entonces me dirijo al colegio donde estudiaba Fabián Colmenares. Es el mismo donde estudió Laura. Nada de esto me agrada. El solo pensar en encontrarme con antiguos profesores de Laura, o con otras autoridades, me intensifica el dolor de cabeza. En el mejor de los casos, mi semblante actual es el de un loco de esos que hablan solos en una plaza. No faltará el idiota que llame a Silvia para comentarle con consternación sobre «mi estado deplorable».

Al carajo con todos ellos, me digo al final. He hecho mucho más por esta ciudad de máscaras que la sumatoria de todos sus esfuerzos educativos.

Me acerco a la entrada del plantel y el vigilante me detiene. Lo observo a los ojos.

—¿«Jefe Goya»? —dice—. Adelante, inspector.

Los pasillos están casi vacíos. Los niños están en sus respectivas clases. Me dirijo directamente a la dirección. Tengo un breve altercado con la secretaria, quien se niega a permitirme el paso a la oficina entre gestos de asco. No la culpo, aparte de mi aspecto, debo oler muy mal. La escena es interrumpida por el director mismo, quien reprende a la pobre chica por ignorar mi identidad.

El director comienza una charla llena de lugares comunes y diplomacia. Yo lo corto apenas encuentro una oportunidad. Le menciono el caso del joven Colmenares y que deseo hablar con los compañeros más cercanos, hablar con los profesores, etc.

De los últimos no obtengo mucho. Tampoco de los compañeros. Los más cercanos tenían una apariencia particular, como de cerebritos que saben sobre física y ciencia ficción. Uno de ellos, un chico llamado Julio, era la viva imagen de ello: gafas grandes de pasta, numerosos prendedores en su mochila; unos de *Star Wars*, otros de *Star Trek* y otro que no reconocí. Este mencionó que ambos pasaban horas jugando un videojuego en la computadora llamado *Hex*. Se puso triste cuando recordó esto.

Así, sin mayores avances, me retiré del plantel. Mi visita

había sido tan inútil como a la casa de los Colmenares, al final solo logré que Silvia se irritara más conmigo, cosa que no creía posible, pero vaya que soy bueno para empeorar las cosas.

¿Qué me quedaba por hacer? Pues ya había cubierto la parte de los Colmenares. Ahora me tocaba la parte de Cristian Fajardo. Al terminar estaría en mejor posición para darle mi opinión a Sotomayor y luego mandarlo al carajo.

Por ahora, todo indicaba que estos pobres chicos simplemente estuvieron en el lugar equivocado a la hora equivocada. En el caso de Fabián, delincuentes que esperaban encontrar una caja fuerte o joyas, pero se encontraron con una familia más bien austera, más dedicada al trabajo que a las apariencias. Y en el caso de Cristian, uno o dos delincuentes primerizos que se pusieron muy nerviosos.

Así es la vida. Y así es la muerte.

Cuando te toca, te toca. Como ya he comprobado en más de una ocasión.

5

DECIDO VISITAR PRIMERO la Universidad de Sancaré, donde estudiaba Cristian.

Me dirijo a la Facultad de Ingeniería y camino con temor de encontrarme a Laura. Al comienzo no sé de dónde viene tal temor, pero enseguida entiendo que es vergüenza y, también, miedo a saber cómo reaccionaría si me ve, probablemente con asco.

Una vez en la facultad empleo la misma estrategia que en el colegio. Busco al director de la Escuela de Computación. Resulta ser un tipo más joven que yo y muy amable. No repara en mi apariencia. Primero me ayuda a ubicar el cronograma de cursos de Cristian y la lista de los asistentes a cada uno. Así doy con algunos profesores y compañeros.

La información que recaudo es muy escasa. Los profesores solo hicieron observaciones vagas, y ninguna negativa: buen estudiante, buenas notas, futuro prometedor. Los compañeros me hablan de varios grupos de estudio y juego en los que participaba el joven: uno sobre programación, otro sobre matemáticas, un club de juegos de rol y varios grupos de videojuegos. Todo ello me resbaló, como si me hablaran en chino. Lo único que alcancé a reconocer fue *Hex*, el mismo juego que me mencionó Julio, el compañero de Fabián.

Era la segunda vez que escuchaba ese nombre en este día, así que, por curiosear, pregunto de qué va. Los muchachos me dicen que es un juego muy novedoso, no hay otro como él. No es muy popular, me dicen, porque su interfaz gráfica es bastante pobre. Yo asiento, aunque no sé de qué hablan. Lo novedoso, según me explican, es que el juego se da en algo que llaman «mundo abierto», es decir, un espacio por el cual se pueden mover a su antojo sin ningún tipo de limitación; también, el otro elemento clave es que para jugar debes crearte un «avatar», como lo llaman, que será el personaje que el jugador controlará y que va acumulando habilidades, armas, propiedades, como si se tratara de una persona.

Me voy de la universidad con una sensación muy extraña. Es el año 2005 y, aunque no tenemos carros voladores, me parece que el futuro está más aquí que en el porvenir. Pero qué sé yo. Ya estoy viejo. Ya no sé qué es el mundo.

Así, como un aparato obsoleto, me dirijo a la casa de los abuelos de Cristian. Queda en las afueras de Sancaré, así que es un recorrido considerable. De camino soy testigo de paisajes conmovedores, como solo la naturaleza puede serlo. Me hacen imaginar otro mundo, donde todavía sirvo para algo, otro mundo en donde Silvia, Laura y yo seguimos siendo una familia.

Vuelvo a saborear otro trago de coñac.

Cuando llego a mi destino, otra vez atardece. Antes de salir del auto me da por preocuparme de mi apariencia y trato de arreglarme lo mejor que puedo. Algo totalmente fútil de antemano. Toco la puerta y me recibe, deduzco, la abuela del chico fallecido.

—Usted debe ser el inspector Goya —me dice con una voz muy tierna—. Pase adelante.

Le agradezco y entro. El interior de la casa es sumamente acogedora, una cabaña donde cualquiera quisiera pasar el resto de sus días. La señora alza la voz, llamando a su hija Milena.

—¡Ya estoy con usted, inspector! —me dice ella desde la cocina— ¡Le estoy haciendo un café!

A lo lejos, en otra sala, veo a un anciano frente a una computadora. Me imagino que será el abuelo. Me siento y respondo las preguntas de rigor que me hace la señora, de nombre Malena, sobre el tráfico, el clima, cómo estuvo el camino. Finalmente llega Milena con una taza de café. Nos presentamos. En eso llega el padre.

—Mucho gusto, inspector —me dice el señor—. Disculpe que no lo haya recibido. Le estaba enviando un correo a mi otra hija.

—¿Por la computadora? —le pregunto y enseguida me siento como un ermitaño.

—Sí, señor —responde alzando los ojos—. Al parecer cada vez se hacen más cosas desde la computadora.

—Vaya —digo y enseguida todos reímos de mi total ignorancia sobre el tema.

Sin embargo, Milena pronto se torna triste y su madre la abraza. Se seca las lágrimas con una servilleta.

—Disculpe, inspector —se excusa luego—, es que todo lo que tiene que ver con ordenadores me recuerda a mi Cristian.

—No tiene por qué excusarse —le digo—. Lamento mucho que estén sufriendo esta pérdida.

—Prométanos que va a dar con el culpable —me dice el señor y coloca una mano sobre mi hombro. No es difícil entender que los tres tienen todas sus esperanzas depositadas en la policía, y en este momento específico, en mí.

—Hacemos todo lo posible —digo, aunque a juzgar por la evidencia y los informes de ambos casos, veo que los otros oficiales no se han esforzado mucho.

Paso un buen rato haciendo preguntas que ya les han hecho, buscando algún detalle, alguna pista. Les pregunto por la zona donde viven, si es frecuente que ocurran robos o asaltos. Me dicen que ocurren muy poco, que si había algo que caracterizaba su barrio era la seguridad.

Al final volvemos al tema que solo se ha vuelto más recurrente durante el día: las computadoras. Como es de esperar, Cristian pasaba con una mucho tiempo, por razones de estudio, pero también de distracción. Le pregunto a Milena por aquel juego, *Hex*. Me responde que en realidad no sabe qué cosas hacía específicamente en la computadora. Ella solo sabe usarla para escribir informes y para enviar correos.

—Sé que una vez me pidió dinero por uno de esos juegos —me dijo de último.

—¿Para comprarlo?

—Eso es lo que nunca entendí bien —replicó.

—¿Puede explicarse un poco más?

—Pues lo que yo creí entenderle a Cristian fue que él ya tenía el juego, pero todavía necesitaba pagar por algo.

—¿Y no recuerda de cuál juego se trataba?

—No.

A lo mejor Cristian Fajardo sí estaba metido en algún asunto confuso que involucraba dinero. A lo mejor les debía a las personas equivocadas.

Ya no tenía nada más que preguntar, ni ellos nada que decirme. Me despido y me dirijo al auto. Cuando ya tengo el motor encendido y dispuesto para partir, recibo una llamada en mi celular.

Pienso que debe ser Sotomayor y solo espero que no me notifique de otro deceso.

Saco el celular y miro el número de quien llama.

Es Laura.

6

Quedo en verme con mi hija en un café del Centro. Lo primero que hizo al llamar fue regañarme por haberme pasado la noche vigilando la casa como un acosador. Me disculpé pero no supe qué más decir.

Llego al lugar. Hay poca gente, solo personajes desolados dándose un respiro de sus propias condenas. Un hombre lee una gaceta hípica, una señora cuenta monedas, una chica bebe una gaseosa en la barra. La última me mira, alzando los ojos como diciendo «así nos va». Caigo en cuenta de que se me ha acabado el coñac y de que no sé qué día es.

Laura llega. Ya no es ni la niña que crie ni la adolescente que dejé hace un año. La veo llena de juventud y vida, dueña de sí misma. Todos voltean a verla cuando entra. Su aspecto es singular, viste como le da la gana, pero no deja de ser elegante a su manera. Se ha pintado el pelo. No puedo evitar sentir orgullo al ver su paso resuelto y siento el puñal de la distancia retorcerse en mi alma.

Trato de acomodarme, de verme menos repulsivo.

—Guillermo… —dice alargando la palabra, mirándome de pies a cabeza.

—Hija —replico en un tono indeterminado y contradictorio, entre la vergüenza y el orgullo.

—Te ves espantoso —comenta, incapaz de pasarlo por alto, sin más remedio que la sinceridad. No me ha saludado con un beso (acaso por mi hedor), pero su comentario me revela cierta preocupación de su parte y eso, en estos días, es reconfortante.

Yo asiento, reconozco su comentario sin saber qué más agregar y nos sentamos.

—Oye, mamá y yo estamos muy preocupadas —dice después de pedir una limonada—. Yo he logrado calmarla un poco, pero no puedes seguir haciendo ese tipo de cosas, Guillermo.

—¿Calmarla? —pregunto con inquietud.

—Estaba hablando de una orden de alejamiento, viejo. Así de alarmada estaba.

Yo suelto algún gruñido indeterminado, molesto. Después de todo lo que he…

—Después de todo lo que he hecho por ustedes… —intervengo con indignación—, nunca las he lastimado, nunca…

—Quien hizo todo por nosotros no es la persona que está sentada frente a mí ahorita —sentencia Laura—. ¿Qué? ¿Solo por no habernos levantado la mano entonces mereces un premio? ¿Solo por ser decente? Por Dios, mírate, papá… ¿Qué pasó?

Me parece tener a Silvia frente a mí. Me llevo las manos al rostro. Soy una tormenta, soy un terremoto destruyendo una ciudad, pero yo mismo soy esa ciudad. ¿Qué pasó? Qué le puedo responder si es capaz de preguntarme eso. Pero es cierto que no soy el mismo, ni remotamente.

—Es cierto que Silvia exagera las cosas —acuerda Laura

—. Por eso tuve que hacerla entrar en razón. Pero tú sabes cómo es ella. ¿Qué esperabas?

Muevo la cabeza en silencio, sin saber qué responder.

—En fin, ¿qué hacías en el barrio a esa hora?

Le hablo sobre el caso, los chicos muertos, *Hex*, Internet. No me reservo ningún detalle de mis pesquisas. Ella me escucha con atención. Por un instante me parece que puedo observarnos desde afuera, como si un fantasma de mí mismo flotara sobre ambos, los dos sentados en esta mesa discutiendo crímenes aparentemente inconexos. Siento una dicha insospechada, entre toda mi miseria, porque ahora tengo este momento para atesorar.

Cuando termino mi relato, ella guarda silencio un momento y en su rostro advierto una suerte de alivio, como si mi versión de los hechos removiera una pizca de lo despreciable que se ha vuelto este ser humano en el que me he convertido.

—Yo sé cuál es ese videojuego —me dice luego—, *Hex*.

Laura me sugiere que podría existir una relación entre ambos hechos por medio del videojuego. Una posibilidad que no había contemplado seriamente porque no sabía cómo es que un juego de computadora serviría de enlace entre dos asesinatos. Laura asoma cuál podría ser dicha conexión, pero me da argumentos vagos. Todavía me parece una posibilidad remota.

—No tomas en serio mi versión, ¿no es así? —me interpela leyendo mis gestos.

Sin embargo, pienso en acceder a explorar la hipótesis, sobre todo para estar con ella.

—¿Lo juegas mucho? —le pregunto intrigado.

—No. Pero conozco a alguien que sí lo conoce bastante.

7

Es de noche. Salimos del café y nos adentramos un poco más en el centro de la ciudad. Una suave llovizna empapa las calles y a quienes la transitamos. Los reflejos de los postes de luz crean geometrías extrañas en el suelo mojado. Entonces me doy cuenta de que esta es la razón por la cual accedí con asistir a Sotomayor esta vez: por la posibilidad de encontrarme con mi hija.

Laura me lleva por callejones que aparecen de la nada, adornados con gente que vende hasta las cosas más inverosímiles. Caminamos a través de establecimientos llenos de monitores encendidos y jóvenes sumergidos en las pantallas. Sonidos de metrallas, explosiones, gritos… todo ello sale de numerosos parlantes, retratando una batalla sin cuartel en un mundo virtual que no está en ninguna parte. Y se me revela todo un pequeño universo en el mismo centro de la ciudad, como si otro Sancaré —uno oculto y secreto— habitara en la urbe que todos conocemos, un Sancaré todavía más intricado y laberíntico.

—Tenemos suerte de que ya estuviéramos en el Centro —

me dice Laura sonriendo. Es la sonrisa de la plenitud, me digo, la sonrisa de todo un futuro de posibilidades, lleno de promesas; la sonrisa de un presente perpetuamente novedoso, de un mundo que espera a ser recorrido.

Advierto con sorpresa que mi aspecto encaja a la perfección con este submundo. Cada vez que Laura se detiene para preguntar por la persona que buscamos —un tal Diego—, nadie parece extrañado de que la acompañe un tipo andrajoso como yo. Por el contrario, me observan y realizan un gesto que solo puedo interpretar como aprobatorio. De inmediato pienso en estas criaturas nocturnas y su hábitat, que no debe carecer de peligro. Por mi mente se cruza la idea de que no debería estar exponiendo a mi hija con una tarea que, claramente, está relacionada con mi investigación. Pero a la vez era evidente que ella estuvo aquí antes y que regresaría sin mí.

En medio del recorrido recibo una llamada de Sotomayor.

—Goya, necesito que me des algo —dice a la defensiva—. No te he jodido desde que dejaste la Jefatura ayer con mi reserva de coñac. ¿Has trabajado en los casos siquiera?

Tiene razón, debo darle alguna clase de información. Si mi instinto no me falla, estoy a punto de descartar el peor de los escenarios posibles, la explicación menos probable.

—En el caso de Fajardo, buscamos a un menor, un primerizo que hizo lo que hizo para superar una prueba y pertenecer a una banda. Vive cerca a su vecindario, en algún suburbio de baja extracción, quizá con su madre o abuela, o ambas. Tiene una buena relación con ellas. Sintió remordimiento al caer en cuenta de lo que hizo. Debe poseer una bicicleta.

—¿Y qué hay del otro? ¿Fabián Colmenares?

—Aquí estamos buscando a un grupo. Seguro recorren los vecindarios en una furgoneta haciéndose pasar por algún tipo de servicio: electricidad, cable, telefonía, aseo. ¿Hubo otros robos a casas en ese distrito recientemente? Quizá sean los mismos tipos.

—No será fácil dar con ellos.

—No. Todavía me falta hablar con la madre de la víctima. Puede que después tenga alguna otra pista —dicho esto cuelgo.

Hemos llegado a un callejón sin salida. Laura ha comprado un bocadillo en la esquina. Se me despierta el apetito y me acerco a pedir uno también.

—Llegamos —me dice Laura al verme.

—¿Aquí? —interrogo, creyendo que se refiere a la señora.

—No, tonto —me corrige—. Allá. —Con la cabeza señala hacia el final del pasillo, a unas puertas de vidrio abiertas, desde donde salen luces y sonidos confusos.

Terminamos pronto los bocadillos y nos aproximamos al lugar. Laura recorre con la vista el interior del establecimiento, hasta que una cabeza se alza sobre las otras y levanta una mano, moviéndola para que nos acerquemos.

Una vez allí el chico se levanta y saluda a mi hija.

—Papá —dice Laura—, él es Diego.

—¿Usted es el «Jefe Goya»? —pregunta el muchacho, incrédulo, ofreciendo su mano en saludo. Desconfío de la naturaleza de su relación con Laura. Por ello no cedo ante su adulación, aunque me causa regocijo que me hija le haya hablado de mí.

—Al grano —digo mirando a Laura, quien hace un gesto desaprobatorio por mi falta de tacto.

—Diego —interpela Laura—, estamos aquí porque necesitamos…

Hago un carraspeo de voz.

—El inspector Goya —corrige Laura— necesita información sobre *Hex*.

—¿Sobre *Hex*? —pregunta el otro, ahora todavía más confundido.

—¿Hay alguna posibilidad —intervengo— de que haya dinero de por medio?

Diego se me queda viendo, en blanco por un instante. Pareciera que acababa de entender la razón de mi presencia en semejante lugar.

—Puf… —suelta—. ¿Por dónde empezar?

El chico busca con la mirada a alguien del lugar. Cuando lo ubica le hace un gesto con la mano. Nos pide que lo sigamos y los tres nos movemos hacia un sector algo separado del resto de computadoras. Otro chico llega con dos sillas y Diego nos pide sentarnos. Tiene una computadora frente a sí, la cual enciende. Cuando ya está operativa hace clic en un ícono que me resulta familiar: lo he visto en el afiche de la puerta de Fabián Colmenares y en el prendedor que no logré identificar de su amigo Julio.

—Ponga cuidado, «Jefe Goya» —dice el chico.

En la pantalla aparece, a un lado, una suerte de soldado, aunque parece más una serie de cajas de cartón coloreadas y dispuestas en forma humana. Al otro lado aparecen una serie de características y atributos del personaje retratado.

—Este es mi avatar en *Hex*. Aunque aquí no es muy conocido, miles de personas en todo el mundo entran en línea todos los días para jugar esto. Lo que ve de este lado son todas las características de mi personaje, sus habilidades, sus debilidades, las armas que usa, un registro de cada cosa que ha hecho.

El chico voltea a verme.

—Hasta ahora entiendo todo a la perfección.

—El punto importante —interviene Laura— es que todos esos atributos se pueden vender.

—Pero… —comienzo a decir ya totalmente confundido.

—En el mundo del juego —dice Diego— hay un mercado donde se puede poner a la venta todos los logros de cada jugador, incluso otros detalles de su cuenta.

—*Hex* maneja un tipo de moneda —retoma Laura—. Pero desde hace poco se han empezado a establecer tiendas en línea que solo se dedican a vender el dinero virtual de *Hex*…

—Y quienes compran, lo hacen con dinero real —concluyo, empezando a entender lo que todo esto puede implicar.

—Eso es —dicen al unísono Laura y Diego.

Ambos permanecen observándome, esperando alguna reacción de mi parte, una indicación, un «y ahora…». La resaca nubla mi pensamiento, mi cabeza palpita. Estoy sediento, mi cuerpo anhela alcohol y lucho contra él para permanecer aquí, para desentrañar los acertijos que pueblan mi senda y descubrir el hilo que lleve a los asesinos de aquellos chicos. Pero soy un radar de pistas averiado y obsoleto, que no distingue entre la señal y el ruido, entre lo que es importante y lo que no, porque en este mundo que empieza a nacer ambos se confunden cada vez más.

—¿Existe alguna manera de saber —les pregunto a ambos — si ciertos jugadores específicos están activos en el juego?

8

Hace dos días me encontraba ahogado en alcohol y en la lástima y el desprecio hacia mí mismo. Y ahora me encuentro en el auto con Laura y quien parece ser su novio, siguiendo una pista insospechada, plausible y prometedora.

¿Por qué accedí a traerlos conmigo?

En verdad necesito de la ayuda de ambos.

Es tarde en la noche. Demasiado tarde para molestar los hogares de familias que han sufrido una pérdida terrible y tratan de continuar con sus vidas. Pero, a veces, el crimen no es lo único que no descansa. Acaso la justicia deba también ser insomne, siempre en la vigilia. ¿Podría una ser el sueño — o la pesadilla— de la otra?

Llegamos a la casa de los Colmenares. La manera más rápida y expedita de identificar el «avatar» de Fabián es ejecutando la plataforma de *Hex* desde su propia computadora, algo que, como debí suponer, fue obvio para Laura y Diego. Cuando me comuniqué con los padres de Fabián, antes de salir del Centro, les manifesté lo importante que era nuestra visita, sin explicar con detalles la razón. También logré comunicarme con la familia de Cristian. Les dejé instrucciones para dar con la información que requiero de su computadora. Espero su llamada.

Ahora, mientras Laura y Diego inspeccionan el ordenador de Fabián, yo explico la situación lo mejor que puedo a Henry y Alicia. Esta última es todavía más conspicua que su marido e increíblemente cordial. En efecto, comprende rápido y me ayuda a encontrar las palabras para que su esposo entienda la extraña circunstancia en que se hallaba su hijo. Al menos, la que yo presumo.

—Pero —objeta Alicia— yo le hubiera podido dar la misma información por teléfono, solo bastaba con ejecutar el juego. No era necesario que se trasladaran hasta acá.

—El asunto es —explico— que posiblemente necesite su ayuda con algo más complicado.

Momentos más tarde, Diego y Laura nos informan que han conseguido los datos necesarios. Todavía no he recibido noticias de Milena o sus padres, lo cual me preocupa, y trasladarme hasta allá sería perder tiempo, tiempo que podría salvar a otra posible víctima.

Junto con mi hija y su amigo comenzamos a cotejar los datos, que son básicamente estadísticas del «avatar» de Fabián. Actualmente todas están en cero, pero hasta hace unos días —hasta el día de su muerte, en concreto— todas estaban en niveles elevados y, según los chicos, incluso muy por encima de los promedios. El número de horas invertido en el juego para lograr semejantes números era absurdo y ni siquiera me molesto en volver a pensar en la cifra. Lo importante es que Fabián sí había puesto a la venta las habilidades de su «avatar». Y el precio era alto. Demasiado.

—Esto es lo que faltaba —digo—. Lo que se llevaron los ladrones. O el ladrón.

Me percato de que Henry toma en sus brazos a Alicia. Esta sufre los embates de la tristeza y el duelo. Su llanto nos afecta a todos. Mi hija suelta unas lágrimas. Acaso sea la primera vez que Alicia se permite llorarlo, sin trabajo que pueda distraerla del dolor.

—Quizá exista una manera —dice ella misma, logrando recomponerse— de triangular la ubicación del culpable. En teoría es posible rastrear la dirección desde la cual se conecta.

—Pero ni siquiera sabemos por dónde buscar —afirma Laura.

—Pues —replica Alicia— ahora debe existir un «avatar» con las habilidades que robó de mi hijo…

—Y posiblemente —intervengo— tenga también las del «avatar» de Cristian Fajardo.

—Pero —advierte Diego— igual va a ser muy difícil saber cuál es. Son cientos los jugadores en línea en este momento. Muchos con cifras altísimas. Y eso es si asumimos que el tipo al que buscamos esté en línea también.

—¿Existe la posibilidad —pregunta Henry, que hasta ahora permaneció al margen— de que los jugadores se comuniquen entre sí?

—Sí, claro —responde Laura. Enseguida, ella y Diego se miran como si se acabaran de dar cuenta de algo.

—Quizá se comunicó con «Bront» primero —le dice Diego a Laura.

—¿«Bront»? —pregunto.

—Así se llama el «avatar» de Fabián —responde Laura—. Quizá el culpable se comunicó con él para ofertar un precio.

Diego de inmediato se vuelve a instalar en la computadora de Fabián. Alicia empieza a hacer llamadas a su trabajo, explorando la posibilidad de ubicar la máquina del asesino. Yo llamo y llamo a casa de los abuelos de Cristian Fajardo, pero nadie me contesta y eso me preocupa.

¿Y si el asesino no está en línea sino en aquella cabaña? ¿Y si no consiguió lo que buscaba en la billetera de Cristian y lo está buscando en lo que fue su hogar?

9

LA CARRETERA ES OSCURA. Las luces del auto apenas alumbran algunos metros por delante. A los lados, la vegetación, tupida y boscosa, es una sombra apenas más clara que la negrura de la noche. Laura va conmigo en el auto. La premura de las circunstancias y lo obstinado de su carácter me han obligado a traerla conmigo. También mi propia debilidad. La observo tan inmersa en este acertijo… Yo, que tenía un año sin verla, ¿quién sabe cuándo volveré a tener esta oportunidad?

Por otro lado, no sabría recuperar la información del avatar de Cristian Fajardo. Diego se quedó donde los Colmenares, tratando de contactar a los últimos «avatares» con quienes interactuó, con la esperanza de ubicar a uno que se extrañe de su presencia porque sabe que no debería volver a aparecer, porque sabe que está muerto. A fin de cuentas, necesito la ayuda de Laura.

No puedo creer lo que hago, pero le doy mi arma y comienzo a explicarle cómo manipularla.

—Sé cómo usar un arma, viejo —me dice y la veo, atónito, manejándola con naturalidad, soltando y observando la carga de balas, luego liberando la bala alojada en la cámara de la pistola.

—¿Eso lo aprendiste con ese Diego?

—No —dice—. Otros amigos.

Llegamos. Detengo el auto lo suficientemente lejos y le indico a Laura que bajo ninguna circunstancia debe abandonar el auto hasta que yo vuelva.

—Solo usa el arma si tu vida depende de ello —le recuerdo.

—Así lo haré —me responde con firmeza.

Comienzo a avanzar hacia la cabaña. No distingo luces encendidas en el interior, pero me parece que todas las ventanas tienen las cortinas extendidas. El sonido de grillos, luciérnagas y demás criaturas nocturnas inunda mi recorrido. Mis manos desnudas, sin armas, sudan; mi corazón es un martillo que cada vez golpea más duro, exigiendo justicia; mi cabeza es un péndulo entre el dolor y el mareo.

Cuando llego a la cabaña advierto que la puerta principal se encuentra entreabierta. Trato de pasar sigilosamente, pero la puerta suelta unos chirridos esporádicos, no puedo evitarlo. En la entrada, a un lado, veo una cesta con tres paraguas y otro objeto largo. Es un bate de béisbol. Lo tomo.

¿Será que no hay nadie?

Avanzo en silencio por un pasillo hacia la cocina. Me parece escuchar movimiento en el piso de arriba, pero cuando agudizo el oído no percibo nada. Estoy en el umbral de la cocina y creo escuchar sonidos parecidos a murmullos. Me preparo a cruzar esperando lo peor, preparado para todo.

Cuando entro a la cocina advierto unas siluetas extrañas en el suelo. Me acerco un poco más y advierto que son Milena y sus padres, que han sido atados y enmudecidos con paños. Alguno de ellos intenta alzar la voz en alarma. En ese instante siento un escalofrío recorrer mi espinazo.

Sin pensarlo volteo, a la vez que empuño el bate y lanzo un *swing*.

Escucho vidrio rompiéndose en el suelo y el grito de un hombre que, no sé cómo, se levanta de inmediato y se da a la fuga.

Yo también salgo disparado detrás del fugitivo. Estoy muy cerca de él. Por desgracia, ya llegando a la entrada tropiezo y caigo. Suelto una maldición mientras veo al tipo cruzar el umbral de la entrada. Aparto mi vista un instante, el instante que me toma mover mi cuerpo oxidado, y entonces escucho un disparo. Mi cerebro envía todas las señales de alarma que puede enviar. Me parece que mis oídos zumban, siento un ardor en mi estómago, mis piernas tiemblan…

Cuando subo la mirada veo al fugitivo en el suelo, quejándose de dolor y tomándose una pierna. Un poco más allá veo a Laura, que todavía apunta el arma con el cañón humeante.

—¡Papá! —la escucho decir, nerviosa—. Papá, ¿estás bien?

Cuando me ve caminando sin problemas corre hasta mí y me abraza. Está llorando.

—Pensé que ese maldito te había herido —me dice, recomponiéndose.

—Tranquila, hija, ya pasó. Estoy bien.

Los quejidos del sujeto herido me recuerdan su presencia. De inmediato le pido a Laura que busque las esposas y el transmisor en el auto. Momentos después está de vuelta con el pedido. Notifico a Sotomayor y pido refuerzos.

Coloco las esposas al herido y luego detengo el sangrado de su muslo con un torniquete. Laura, por su parte, libera a la familia. No mucho después llega una patrulla con refuerzos.

Entonces mi hija comienza a trabajar en la computadora de Cristian, recaudando la información de su «avatar». En eso, recibo una llamada. Es Alicia.

10

DIEGO LOGRÓ una interacción con un «avatar» que cumplía con el perfil que teníamos en mente. Estaba inflado de habilidades en su máxima potencia. Pero lo más importante fueron sus mensajes, todos relativos al hecho de que «Bront» estaba activo en línea, cuando no debía estarlo.

Alicia fue capaz de acceder al registro de computadoras que se conectan con los servidores de *Hex* en esta región. Tuvo que explicarme rápidamente lo que era un servidor, claro. El hecho es que han logrado triangular la ubicación de la computadora. Esa fue la razón de su llamada.

Ahora estoy llevando a Laura donde su madre. Esa fue la otra llamada que recibí después. Silvia estaba totalmente molesta por no haberle avisado que Laura me acompañaba. Ella tampoco contestó sus llamadas y eso empeoró todo.

Ya estamos llegando.

—Papá —me dice—, ¿por qué no lo dejas?

—¿Qué cosa?

Ella me muestra la botella vacía de coñac que ha sacado de mi abrigo. Yo guardo silencio. No sé qué responder.

—Puedes asistir a un grupo de apoyo. Yo te puedo acompañar a las reuniones. Podemos ser una familia otra vez.

Yo la observo, veo sus ojos, su mirada que revela la sinceridad de sus palabras, lo puro de ese anhelo. Todo mi ser se identifica con lo que ha dicho. Ese mismo es mi anhelo también. Pero entre el anhelo y mi realidad hay un bosque tan oscuro como esta noche, tan confuso como este mundo.

—¿No quisieras eso?... —insiste mi hija— que volvamos a ser una familia.

Llegamos a su casa. Me detengo detrás de otro auto. En la entrada veo a Silvia de brazos cruzados, esperando.

—Es lo que más quisiera, hija —le digo antes de abrazarla.

Ella abre la puerta y se detiene todavía un momento más antes de salir.

—Oye, vuelve por aquí cuando atrapes a ese infeliz. Cuéntame el desenlace.

Sonrío y asiento. Laura es regañada y pasa directamente a la casa. Silvia me da un último vistazo, moviendo la cabeza en desaprobación.

No tengo tiempo para esto, me digo, tengo un criminal que atrapar.

Parto de nuevo y me comunico con Sotomayor. El cómplice está en camino a la Jefatura y me confirma que los refuerzos ya están cerca de la locación del jugador.

Hundo un poco más el acelerador para apresurar mi llegada. Los primeros matices azulejos del amanecer se empiezan a manifestar en el cielo. Las calles están empapadas por la lluvia, aunque esta ya cesó. Personajes extraños recorren las calles, unos empiezan su jornada, otros apenas la terminan, y algunos buscan un lugar seco en donde dormir unas horas más.

Así llego a un suburbio en el oriente de Sancaré, a un conjunto de casas pequeñas y viejas en cuya entrada me reúno con los refuerzos. Doy las indicaciones pertinentes sobre cómo proceder. «Entendido, «'Jefe Goya'», me responden.

Hay tres oficiales resguardando la parte trasera de la casa y dos oficiales están conmigo en la entrada principal.

Toco la puerta un par de veces, pero nadie responde. Justo cuando empiezo a preocuparme escucho una voz lejana y débil. «Un momento», dice. Cuando se abre la puerta, una anciana tierna y adorable nos da los buenos días y nos pregunta en qué nos puede ayudar.

Los oficiales me miran y yo quedo un poco distraído. Realmente no había pensado en quién me abriría la puerta ni en qué es lo que iba a decir.

—Muy buenos días, señora —saludo—. Le ruego nos excuse por molestarla a esta hora…

—¡¿Quién es, abuela?! —exclama la voz de un chico desde el interior de la casa.

—… Estamos en medio de una investigación —retomo— y quisiéramos saber si podría colaborar con nosotros.

La señora advierte que algo no está bien. Se dispone a hablar, pero la detiene la voz de un chico, algo mayor que mi propia hija, que ha asomado su cara por un pasillo.

—Abuela… —dice el joven, pero calla de súbito al advertirnos en la entrada.

El chico se vuelve a perder por el pasillo.

—¡Quieto! —grita uno de los oficiales— ¡Policía!

Hacemos a la señora a un lado lo mejor que podemos y vamos tras el muchacho. Bajamos por unas escaleras hacia un sótano atestado de computadoras y otros equipos electrónicos. Enseguida advertimos una salida de emergencia en el sótano que ha quedado abierta. Cuando salimos por ella vemos que los oficiales que resguardaban la parte trasera han capturado al joven.

11

El chico se llama Jorge Miloz. En su computadora hallamos comunicaciones con un tal Lucas —el hombre apresado en la cabaña— en las que traman el asesinato de los dos chicos. Una patrulla parte a la Jefatura con Jorge bajo su custodia, para interrogarlo y determinar todos los detalles del caso.

Yo me siento algo contento por haber ayudado a solucionar esto. Pienso que es una historia que le gustará escuchar a Laura y me monto en el auto para ir a contársela.

Durante el camino, me reconozco como un adicto. Es la misma adicción que me lleva al alcohol o al trabajo. Pienso en lo difícil que será pasar por la desintoxicación. Pero todo eso lo vale si es por estar otra vez con mi familia.

Me acerco a mi antigua casa y llego a sentirme emocionado.

Me detengo a cierta distancia. Saco mi celular y llamo a Laura, mirando hacia la ventana de la sala, esperando que se asome. En eso veo la puerta abrirse, pero para mi desconcierto veo a un hombre salir y luego veo a Silvia.

El hombre camina hasta el auto detrás del cual me detuve

cuando dejé a Laura horas antes. Silvia se queda en la entrada y lo despide con la mano, tras lo cual este parte en el vehículo.

Cancelo la llamada.

Silvia vuelve a entrar a la casa y no hay más nada. Todo está en silencio. Todo está vacío. Siento cómo dentro de mí se desmorona el mínimo rastro de optimismo y de esperanza. Siento que un puñal se retuerce en mi corazón. Siento ira. Siento tristeza.

Enciendo el auto y parto de inmediato.

Manejo sin rumbo durante un rato. Mi cabeza es un remolino de insultos a mí mismo. Por un instante pienso en aventarme por un barranco con todo y auto, o en estrellarme contra alguna muralla. Pero no tengo el valor para eso.

Luego, sin darme cuenta, estoy de vuelta en el Centro, frente el mismo café en donde horas antes me encontré con Laura. Apago el motor y me bajo del vehículo. Entro al local y me siento. Esta vez soy el único. Solo yo y el hombre que atiende.

—¿Una noche difícil? —pregunta el tipo.

—Una noche difícil —le confirmo.

Entonces veo entrar a la chica que estaba sentada en la barra la noche anterior. Se detiene un momento cuando me ve. Cuando retoma el paso se dirige hacia mi mesa y se sienta frente a mí. Saca una botella de *whisky*.

Debo tener una cara de suicida.

—Ahogar las penas —dice ella y me acerca la bebida.

Suena mi celular, pero ni siquiera me molesto en ver quién llama. Solo lo apago.

Empiezo a beber y a sentir que todo se aleja.

Momentos más tarde estoy en mi apartamento, en mi cama, con la chica. No sé si ya hemos follado o si vamos a hacerlo.

La veo sacar una jeringa, un encendedor, un sobre pequeño con un polvo, una cuchara y un cordón.

—¿Es la primera vez que harás esto? —pregunta la chica.

Empieza a sonar el teléfono del apartamento.

—Te va a encantar —dice después.

Yo apenas le presto atención. Trato de no pensar en nada, pero no hay nada más difícil cuando estás borracho. En lugar de no pensar en nada, pienso en todas las cosas en que no quiero pensar, y entonces siento ese vacío, como un demonio que me dice que nada vale la pena.

En el teléfono se activa la contestadora y escucho la voz de Laura, dejándome un mensaje que apenas distingo. Siento una presión en mi brazo y luego un pinchazo. La voz de Laura se diluye.

El vacío desaparece.

NOTAS DEL AUTOR

La mejor recompensa para mí como escritor es que tú, estimado lector, hayas disfrutado de la lectura de esta novela. La mejor ayuda que como lector me puedes ofrecer es brindarme tu opinión honesta acerca de ella.

Para mí es sumamente importante tu opinión ya que esto me ayudará a compartir con más lectores lo que percibiste al leer mi obra. Si estás de acuerdo conmigo, te agradeceré que publiques una opinión honesta en la tienda de Amazon donde adquiriste esta novela. Yo me comprometo a leerla:

Amazon.com
Amazon.es
Amazon.com.mx

Si deseas leer otra de mis obras de manera gratuita, puedes suscribirte a mi lista de correo y recibirás una copia digital de mi relato *Los desaparecidos*. Así mismo te mantendré al tanto de mis novedades y futuras publicaciones. Suscríbete en este enlace:
https://raulgarbantes.com/losdesaparecidos

Si has disfrutado leyendo *Goya*, te invito a leer las otras novelas de la serie Goya y Castillo:
La caída de una diva: Serie policíaca de los detectives Goya y Castillo n° 1

https://geni.us/fGfoZs
Fuego cruzado: Serie policíaca de los detectives Goya y Castillo nº 2
https://geni.us/0FZibv
Asfixia: Serie policíaca de los detectives Goya y Castillo nº 3
https://geni.us/RBfy0

Puedes encontrar todas mis novelas en estos enlaces:
Amazon internacional
www.amazon.com/shop/raulgarbantes
Amazon España
www.amazon.es/shop/raulgarbantes

Finalmente, si deseas contactarte conmigo puedes escribirme directamente a raul@raulgarbantes.com.

Mis mejores deseos,
Raúl Garbantes

amazon.com/author/raulgarbantes

goodreads.com/raulgarbantes

instagram.com/raulgarbantes

facebook.com/autorraulgarbantes

ÍNDICE

EL JUGADOR

Made in the USA
Middletown, DE
13 October 2020